W0367961

Hakan Mengüç

KALBİN TEMİZSE HİKÂYEN MUTLU BİTER

DESTEK
yayınları

MEDYA GRUBU

DESTEK YAYINLARI: 1040
EDEBİYAT: 31

Hakan Mengüç / Kalbin Temizse Hikâyen Mutlu Biter

Her hakkı saklıdır. Bu eserin aynen ya da özet olarak hiçbir bölümü, yayınevinin yazılı izni alınmadan kullanılamaz.

İmtiyaz Sahibi: Yelda Cumalıoğlu
Genel Yayın Yönetmeni: Ertürk Akşun
Yayın Koordinatörü: Özlem Esmergül
Editör: Özlem Esmergül
Son Okuma: Devrim Yalkut
Kapak Tasarım: İlknur Muştu
Sayfa Düzeni: Işıl Ilgıt Şimşek
Sosyal Medya-Grafik: Tuğçe Budak - Mesud Topal

Destek Yayınları: Aralık 2018
Yayıncı Sertifika No. 13226

ISBN 978-605-311-519-9

© Destek Yayınları
Abdi İpekçi Caddesi No. 31/5 Nişantaşı/İstanbul
Tel. (0) 212 252 22 42
Faks: (0) 212 252 22 43
www.destekdukkan.com
info@destekyayinlari.com
facebook.com/DestekYayinevi
twitter.com/destekyayinlari
instagram.com/destekyayinlari
www.destekmedyagrubu.com

Deniz Ofset – Nazlı Koçak
Sertifika No. 40200
Maltepe Mahallesi
Hastane Yolu Sokak No. 1/6
Zeytinburnu / İstanbul

DESTEK KARAKARGA BEYAZ BAYKUŞ genç DESTEK

HAKAN MENGÜÇ

Kalbin temizse hikayen mutlu biter.

DESTEK yayınları

İÇİNDEKİLER

YAZAR HAKKINDA

Hakan Mengüç, Girne Amerikan Üniversitesi'nde "Sufizm'e Giriş" dersleri vermektedir. Aynı zamanda GAU Sufi Akademisi'nin kurucusudur ve Sufi Akademi bünyesinde eğitim ve seminerler vermektedir.

Bursa'da doğan Hakan Mengüç, ruhun gıdası musikiye küçük yaşlarda ilgi duymaya başladı ve 15 yaşında hem ney hem de piyano öğrendi. İki sene konservatuvara devam etti ve daha sonra konservatuvardan ayrıldı.

Ney ile başlayan yolculuğu onu tasavvuf ve sufi felsefesi ile tanıştırdı. Ardından Osmanlıca öğrendi ve yıllar sonra Şems-i Tebrizi'nin diyarında sufizm üzerine bir eğitim sürecinden geçti, Mesnevi'nin anadili olan Farsça üzerine çalışmalar yaptı.

Mevlevi geleneğinden ney yapım icazeti aldı ve uzun yıllar ney dersleri verdi.

Yirmili yaşlarında Boğaziçi Üniversitesi, Marmara Üniversitesi, Yıldız Teknik Üniversitesi gibi üniversitelerde seminerler vermeye başladı. Yazdığı, alıntıladığı, bazen de günümüze uyarladığı sufi sözler ve tasavvufi hikâyelerle sosyal medya üzerinde milyonlarca kişiye ulaştı.

2014 yılında hayvanlara ve psikolojiye yoğun ilgisi onu Güney Afrika'ya götürdü. Güney Afrika'da aslan ve Bengal kaplanlarıyla yaşadı. Onların bakımı ve rehabilitasyonu üzerine eğitim aldı.

125 ülkede yayımlanan TEDx konuşmasına davet edildi ve sufi felsefesi üzerine konuştu.

İŞKUR, Milli Eğitim Bakanlığı, Sermaye Piyasası Kurumu, Ticaret ve Sanayi Odaları'nda eğitimler verdi.

2016 yılında Mersin Üniversitesi Rektörü Prof. Dr. Ahmet Çamsarı'nın daveti üzerine, Mersin Üniversitesi'nin "2016-2017 Akademik Yıl Açılış Dersi"ni verdi.

2018 yılında Girne Amerikan Üniversitesi Rektörü Kutsal Öztürk'ün daveti üzerine, Girne Amerikan Üniversitesi'nin "2018-2019 Akademik Yıl Açılış Dersi"ni verdi.

Kendisini müzisyen, sufi/yazar ve aynı zamanda bilgi ve deneyimlerini paylaşan bir konuşmacı olarak tanımlamaktadır.

Hayat felsefesi umutlu olmak ve umudu paylaşmak üzerine kuruludur. Umutlu olmak, saf bir iyimser olmak veya insanlığın yüzleştiği trajediyi göz ardı etmek demek değildir. Umut her ihtimali görüp, evinde oturup kötülüğe küfretmektense, iyilik için elinden geleni yapmak demektir. Ve tek bir kişi bile umudun yaşaması için yeterlidir. Ve bu kişi siz olabilirsiniz. Daha sonra başka bir "sen" ve başka bir "sen" olacak ve sonunda "biz"e dönüşecektir.

O yüzden karanlığa küfredeceğine bir mum yak felsefesini benimsemiştir. Ve hocalarının ona telkin ettiği gibi, o mumu başkalarıyla da paylaşarak, onların da mumunun yanmasına vesile olmayı arzulamaktadır.

Mevlana'nın da dediği gibi: "Bir mum, başka bir mumu tutuşturarak ışığından hiçbir şey kaybetmez." Aksine karanlıkların aydınlanmasına vesile olur.

AFRİKA'DA BİR SUFİ İLE TANIŞMAM

Güney Afrika'da aslan kafesini temizliyordum. Nesli tükendiği için koruma altına alınan beyaz aslanların yetiştirildiği bir kampa gönüllü olarak gitmiştim.

Neye niyet neye kısmet derler ya, Afrika'nın ücra bir köşesinde, aslanlarla gönüllü çalışırken bir sufiyle tanıştım. Giderken neyimi de götürmüştüm yanımda. Bir gün ney üflerken sesi duyup yanıma geldi ve benimle tanışmak istedi.

Kendisinden öğrendiğime göre Güney Afrika'da tasavvufa ve sufiliğe büyük bir ilgi varmış, bilmiyordum. Tanıştığım sufi uzun bir zaman tasavvuf eğitimi verdikten sonra artık inzivaya, sessizliğe çekildiğini anlattı.

Sufilerin **"Bilenler konuşmaz, konuşanlar da bilmez"** düşüncesiyle bir zaman sonra inzivaya çekilmeyi tercih ettiklerini biliyordum. İnzivaya çekilen sufiler, hayatlarının son dönemlerini yazarak ya da halvette (sessizlikte) geçirirler. Ne var ki üflediğim ney, tanıştığım sufinin inzivasını bozmuştu. Günlerce karşılıklı sohbet ettik birlikte.

Konuşmasını anlamakta güçlük çekiyordum ama ne demek istediğini anlıyordum aslında. Yani hem anlamıyorum gibi, hem anlıyorum gibi... Garip değil mi? Ama Mevlana der ya **"Aynı dili konuşanlar değil, aynı duyguları paylaşanlar anlaşır"** diye. Sanırım benimki de bu türden bir anlayıştı.

Güney Afrika'nın Limpopo bölgesindeydik, Botsvana, Zimbabve, Mozambik gibi adını az duyduğum ülkelerin sınırındaydık. Issız bir bölgeydi burası... Bu ıssızlığın ortasında böylesine zengin ve geniş bir gönülle karşılaşmam elbette tesadüf olamazdı.

Ben hiçbir karşılaşmanın tesadüf olmadığına inanıyorum. Tıpkı bu kitabın satırlarını okuyor olmanın da tesadüf olmadığına inandığım gibi.

Birlikte vakit geçirdiğimiz sürece o güzel insandan çok şey öğrendim. Şimdiye kadar ne bilgisini bir kitaba aktarmıştı ne de notları vardı. Onunla karşılaşmasaydım bildikleri onunla birlikte ebediyete karışacaktı. Bir araya gelmemiz sayesinde ondan öğrendiklerim bu kitabın içeriğinin büyük bir kısmını oluşturdu.

Bu kitabın büyük bir kısmı, onunla konuşmalarımızdan aldığım notlar ve sonrasında üzerlerine eklediğim güncellenmiş bilgilerle oluştu.

Kitaptaki hikâyelerin çoğunu ilk kez okuyacaksınız. Bazılarını da duymuş olabilirsiniz.

O güzel gönül adamı internet ya da telefon kullanmadığı için ve ben de bir daha Limpopo'ya gitmediğimden dolayı onunla bir daha buluşamadık.

"Baki kalan bu gök kubbede hoş bir seda imiş" diyor ya şair, ben de o güzel gönlün hoş sedasını, sufi büyüklerinin diğer hoş sedalarıyla harmanlayıp üzerine kendi deneyimlerimi ve bilgimi de ekleyerek paylaştım sizlerle...

Hoş geldin yol arkadaşım.

Hadi başlayalım.

ARADIĞIN HAZİNE, TAM DA ŞU AN DURDUĞUN YERDE

"Gönül, ey gönül! Bu yolculuk nereye?" demiş bir şair.

Çıktığın bu yaşam yolculuğunda attığın adımlar seni nereye götürüyor? Düşündün mü hiç?

Hangi güzergâh üzerinden, hangi hedefe doğru yürüyorsun?

Bunca çaban, bunca emeğin ve bunca zaman boyunca sarf ettiğin güç aslında ne için?

Bu sorular üzerinde durup uzun uzadıya düşünebiliyor olman çok değerli... Çünkü yaşadıklarının da, yaşamadıklarının da aslında bir anlamı var. ***Sen yeter ki seçtiklerinin ve seçmediklerinin farkında ol.***

Hayat, mutluluğun varılacak bir hedef olmadığını, aslında bütün sırrın yaşanan süreçte gizli olduğunu anlayabilmek üzerine inşa edilmiş bir yol...

Bir tekâmül...

Süreci yakalamak, olmuş olanın içindeki hazineyi görebilmek mutluluğun uzaklarda bir hedef olduğu yanılgısından kurtaracaktır seni.

Evet...

Dünya uzun yıllar boyunca çalışıp çabalamış, ulaşmak istediği şeylere zaten sahip olduğunu ancak fark edebilmiş milyonlarca insanla, milyonlarca deneyimle dolu... Ancak fark edebilmiş milyonlarca insanla, milyonlarca... Bir bilgenin dediği gibi:

"Mutluluk
daha fazla şeye
sahip olmak değil,
en az şeye
ihtiyaç duymaktır."

Biliyor musun ki, hayatını soluksuz bir koşuşturmanın içinde geçirip sahip olmak istediği her şeyi elde edenler, bütün bunlara aslında ihtiyaç duymadıklarını anladıkları an, çok daha büyük bir yıkıma uğruyorlar.

Konuyla ilgili çok sevdiğim bir hikâyeyi paylaşmak isterim.

Amerikalı zengin bir işadamı, bir iş seyahati sırasında küçük bir kıyı kasabasına uğrar. Limanda gezerken, ağzına kadar balık dolu küçük bir teknenin içinde bir başına oturan balıkçı gözüne takılır.

Dayanamayıp yanına gider ve "Merhaba" der. "Bütün bu balıkları yakalaman ne kadar zamanını aldı?"

Balıkçı, hepsini üç saatte yakaladığını söyler. Adam "Neden daha uzun bir süre denizde kalıp daha fazla balık yakalamadığın?" diye sorar bu kez.

Balıkçı, ailesinin geçimini sağlamak için bu kadarının kâfi geldiğini söyler.

İşadamı iyice meraklanmıştır. Üç saatlik avdan sonra günün geri kalan zamanını nasıl geçirdiğini sorar balıkçıya.

"Sabah balıklarımı yakaladıktan sonra çocuklarımla oynarım" der balıkçı. "Öğlende karımla oturur, sohbet ederiz, dinleniriz. Akşamları kitap okur, sohbet ederiz. Gece geç vakitte yatarım. Gördüğünüz gibi gayet dolu ve meşgul bir yaşantım var."

"Ben üniversitede ekonomi okudum" der işadamı. "İstersen daha çok para kazanmak konusunda sana yardım edebilirim. Zamanının daha büyük bir kısmını balık tutmaya ayırmalısın. Kendine daha büyük bir tekne almalısın. Gelirin arttıkça teknen de büyümeli. Teknen büyüdükçe yanına bir de yardımcı alırsın. Kasabadaki bütün restoranlara balık satabilirsin, hatta civar kasabalara satış yapmaya başlarsın. Bu şekilde gelişmeye devam ederse kısa sürede bir balıkçı filosuna sahip olabilirsin. Böylece yakaladığın balıkları aracılara değil doğrudan işletme tesislerine satarsın. Hatta kendi balık fabrikanı bile kurabilirsin."

Balıkçı, adamın konuşmasını kesmeden dinler. Adam, ciddiye alındığını fark edince daha da iştahlanır anlatırken.

"İşlerin büyümeye başladığında bu küçük balıkçı kasabasını terk edip büyük bir şehre taşınmalı ve dünyaya açılmasın. Kısa zamanda zengin olabilirsin ve milyonlar kazanabilirsin!"

"Anlıyorum" der balıkçı. "Milyonlar, başka şehirler... Peki ya sonra?"

"Zengin bir hayatın olur" der adam. "Sonrasında emekli olursun. Huzurlu bir emekli... Geceleri geç vakitlerde uyuyabileceğin, çocuklarına vakit ayırabileceğin, sevdiklerinle baş başa olabileceğin güzel günlerin olur. İstersen bir balıkçı kasabasına yerleşirsin, bundan sonra zevk için balık tutarsın, çocuklarınla oynarsın, karınla baş başa olmak için zamanın olur, akşamları sohbet edip kitap okursunuz, tatlı bir hayat sürersiniz. Mükemmel değil mi?"

"Kesinlikle mükemmel" der balıkçı. ***"Zaten ben de tam olarak o hayatı yaşıyorum."***

Şimdi sen de durup hayatına bak ve sahip olduğun ayrıcalıklara odaklan. Mutluluğun süreçte saklı olduğunu fark et. Yaşadığının seni sen yapan değerler olduğunu anladığında, bir şeylere "sahip olmak" uğruna gözden çıkaracağın şeyin zaten sahip oldukların olduğunu fark et.

Aktör Jim Carey'nin kariyerinin zirvesindeyken söylediği şu sözler beni çok etkilemişti: **"Dilerim herkes bir gün**

zengin ve ünlü olur ve hayalini kurduğu her şeye kavuşur, böylece aradığı asıl cevabın bu olmadığını anlar."

Aradığın şey sahip olmak istediklerinde değil, zaten sahip olduklarının içinde...

Sağ u solum gözler idim dost yüzünü görsem deyü/ Ben taşrada arar idim ol can içinde can imiş" der Niyazi Mısri... Yani yıllar boyunca her yere baktım, her yeri aradım dostun yüzünü görebilmek için. Ben onu taşrada, sağda solda, uzak şehirlerde ararken o benim içimdeymiş.

Yokluğunu hissettiğin her şeyi önce kendinde aramaya başlamanı dilerim.

Şairin dediği gibi:

"EY GÖNÜL!
Define sandığının
üzerinde oturup,
dilencilik yapıyorsun."

BEN KUSURLU BİR İNSANIM, KUSURSUZ BİR RAB TARAFINDAN SEVİLEN

"İyiyi ara, doğruyu ara ama kusur arama" demişti Mevlana. Çünkü bizim kusur zannettiklerimiz çoğu zaman bize verilen lütuftur.

Kusur sandığın şeyin eksiklikten ziyade özgünlük olduğunu söylesem ne düşünürdün?

Seni sen yapan şeyin, seni diğer insanlardan ayıran tarafın gözüne kusur gibi gelen özelliklerin olduğunu hatırlatsam mesela...

Kusur, imzadır desem. Senin orijinalliğindir desem.

Sanırım kendinde sevmediğin her şeyle barışırsın. Kendine yaptığın haksızlığa kızar, sana bu özgünlüğü deneyimleten kaderine şükredersin.

Bence geç kalmış sayılmazsın.

Kusurların için şükret Yaradan'a.

"Derdimi seviyorum,
biliyorum ki
derdi veren de
beni seviyor."
Mevlana

Kusursuzluk, insanoğluna verilebilecek en büyük cezadır, çünkü gelişmenin, büyümenin önündeki en büyük engeldir. Potansiyelinin açığa çıkmasına izin vermeyen, köreltici ve baskılayıcı bir güçtür.

Kusur ya da eksiklik gibi görünen her şey, içindeki cevherin açığa çıkması için sunulan çok değerli fırsatlardır.

Çocukluğumuzun çizgi filmlerini yapan Walt Disney'in de bir kusuru vardı. Biliyor musun ki o kusur, Walt Disney'i çizim dünyasına kazandırdı. Okuma ve öğrenme güçlüğü çekiyordu. Yoksul bir ailenin çocuğuydu. Hiçbir işin üstesinden gelemeyeceğini düşünüyorlardı. Çünkü çok beceriksizdi. Kusur gibi görünen bu eksikliği onu kâğıt kalemle tanıştırdı. Geceleri mum ışığında kendi yoksul evinin mahzeninde çizimler yapmaya başladı. Mahzende her gece karşılaştığı fareyi çizmeye karar verdi sonunda ve Mickey Mouse çıktı ortaya. Gerisini sen zaten biliyorsun. Muhteşem bir potansiyel, takdire şayan bir başarı hikâyesi... Emin ol, kusursuz bir Walt Disney'den böylesine ibretlik bir hikâye çıkmazdı. Ancak kusurlu bir çocuğun iyi bir hikâyesi olabilirdi.

İzin ver sana bir hikâye daha anlatayım.

Uzak diyarların birinde zengin bir ailenin su ihtiyacını karşılamakla görevli bir adam yaşarmış. Sucu derlermiş ona. Ensesine yasladığı uzunca bir sırığın iki ucuna iki kova asıp doğruca nehre gidermiş ve zengin bir ailenin yaşadığı büyük köşke sürekli su taşırmış. Ne var ki sucunun kovalarından biri çatlakmış ve yol boyunca su sızdırırmış. Sağlam kova ağzına kadar dolu halde ulaşırmış köşke ama diğer kovadaki su neredeyse yarıya inermiş. Sağlam kova çok su taşıyabildiği için gurur duyarmış kendiyle. Çatlak kova görevinin sadece yarısını yerine getirebildiği için çok utanıyormuş.

Bir gün çatlak kova, nehrin kıyısındayken sucuya seslenmiş ve "Senden özür dilerim" demiş. "Beni affet. Kendimden çok utanıyorum..."

"Neden?" diye sormuş sucu. "Neden utanç duyuyorsun?"

"Çünkü yıllardır çatlağımdan su sızdığı için taşıma görevimi layıkıyla yerine getiremiyorum" demiş çatlak kova. "Benim kusurum yüzünden sen bu kadar çok çalışıp yorulmana rağmen, emeklerinin karşılığını tam olarak alamıyorsun."

"Ah" demiş sucu. "Eve dönerken yolun kenarındaki çiçeklere dikkat et olur mu? Başka bir söz söylemeyeceğim sana..."

Çatlak kova sucunun ne demek istediğini anlamamış ama söylediğini yapmış. Eve dönerlerken yol kenarındaki çiçeklere bakmış. Rengârenk, türlü kokulu, güzel çiçekler görmüş.

Fakat eve vardıklarında çatlak kova hâlâ çok üzgün hissediyormuş kendini. "Yine suyun yarısını kaybettim" diye hayıflanmış içten içe. "Özür dilerim" demiş sucuya.

"Yoksa sen yoldaki çiçeklere bakmadın mı?" diye sormuş sucu. "Sadece senin tarafında çiçekler vardı, fark etmedin mi? Sağlam kovanın olduğu tarafta hiç çiçek yok. *Bunun sebebi ne biliyor musun? Ben senin kusurunun ne olduğunu biliyorum ve bu kusurunun ne güzel bir faydaya dönüşebileceğinin farkındayım. Senin tarafına çiçek tohumları ektim yol boyunca. Her gün nehirden dönerken sen onları suladın. Sende bu kusur olmasaydı, o güzel çiçeklerin hiçbiri olmazdı.*"

Eskiden sufiler öğrencilerine, eksikliklerinin onlar için bir büyüme fırsatı ve kendilerine özgü bir orijinallik olduklarını söylerlermiş.

O yüzden eksiklik gibi gördüğün özgünlüklerinin farkına var ve hepsinin kıymetini bil. Açığa çıkmayı bekleyen potansiyeli fark et. Kusurların, lanet değil fırsattır. **Senin sen olmana imkân veren ayrıcalıklardır.**

KALBİN TEMİZSE HİKÂYEN MUTLU BİTER

Bu kitabın adı neden *Kalbin Temizse Hikâyen Mutlu Biter* biliyor musun? Çünkü aksi mümkün değil... Kalbi temiz olanın kötü bir hikâyesi olamaz. **Şartlar ne olursa olsun, ne yaşanırsa yaşansın, kötülüğe sapmayarak iyilikte sadakat gösterenler kendi hikâyelerinin kahramanı olurlar. Dünya sahnesinden iyi bir deneyimle gelip geçerler.** Yaşanmış her şeyin eşsiz bir değeri vardır. İyilik insanı insan kılan değerlerin tamamıdır. Kötülük kişiseldir, bireyi tüketir ama iyilik kitleseldir, bulaşarak yayılır ve bütünler. İyilik kalabalıktır, kötülük yalnız... O yüzden biri ölmeye, diğeri çoğalmaya mahkûmdur.

İyilik karşılıksızdır, beklentisizdir. Bu yüzden daha çabuk bulaşır ve daha kolay yayılır. Bireylere atfedilemez. Bireyden başlar ama kalabalıklarla köklenir.

Yaptığın iyiliğin karşılığını göremediğinde üzülme. İyiliğin iyilikle çoğalan bir adalete sahip olduğuna güven. İyiliğinin karşılığını mutlaka alacaksın.

Yaptığın her iyilik manevi anlamda da kalbini temizleyecektir. **Ve temiz bir kalp tecelligâh-ı İlahi'dir, yani Allah'ın açığa çıktığı yerdir, der sufiler.**

"İsyanlardaydı.
Oysa bilmiyordu,
imtihanlardaydı."
Mevlana

Kış gelir geçer... Her kışın sonu bahardır. Karanlıklar aydınlıklara gebedir elbet. Muhakkak ki kalbi temiz olanın da hikâyesi mutlu biter. Çünkü kâinatın değişmez kuralıdır bu. Yeter ki ilahi sistemin adaletine duyulan güven sağlam olsun. Gecenin güneşi doğuracağına ve iyiliğin iyilik doğuracağına itimat etmek umutsuzluğa kapılmaktan ve kötülüğe sapmaktan korur. Bu öyle adil bir sistemdir ki kötülük de kötülüğü doğurur. Bu noktada kalbini hangi duyguyla beslemeyi tercih edeceğine iyi karar ver derim. Kâinat neyi neden seçtiğinle ilgilenmiyor. Sana verdiğinin karşılığını en adil yoldan geri almaya çalışıyor sadece.

Benim çok sevdiğim bir masal vardır. Şeftali ağaçlarının masalı... Bir evin bahçesinde yan yana dikilmiş iki şeftali ağacı varmış. Ne var ki ağaçlardan biri zayıf, diğeri gürbüzmüş. Birinin meyvesi bol, diğerininki az...

Bereketli ağaç bir zaman sonra zayıf olan şeftali ağacına kibirlenmeye başlamış. Bahçenin sahibi de zayıf şeftali ağacından ümidini kesmiş. Kuruyup gideceğini düşünmüş. Bu yüzden onu artık sulamaz olmuş. Bakımıyla da ilgilenmemiş. "Nasılsa yok olup gidecek" demiş. "Uğraşmaya değmez."

Fakat günün birinde rüzgârlar bir çiçek tohumu uçurmuş bu bahçeye. Tohum büyüyüp ağacın dibine yuvarlanıp durmuş. "Burada köklenebilir miyim?" diye sormuş. "Çok uzaklardan geliyorum. Zengin bahçelerin en bereketli, en kokulu, en güzel çiçeklerinden birinin tohumuyum ben."

"Olmaz" demiş büyük şeftali ağacı kibirlenerek. "Kendini beğenmiş çiçeklere ihtiyacımız yok bu bahçede. Sakın benim toprağıma tutunayım deme. İlk rüzgârda savrul git buradan. Bir damla suyumu bile paylaşmam seninle. Köklerimle iterim, atarım seni buradan."

Çiçek tohumu büyük şeftali ağacının bu tehditlerine çok üzülmüş. Rüzgârın esmesini beklemeye başlamış. Toprağa tutunmamış. Çok geçmeden bir rüzgâr daha esmiş ve çiçek tohumu az ilerideki küçük şeftali ağacının dibine düşüvermiş.

"Buraya tutunabilir miyim?" diye sormuş ona da. Kim olduğunu açıklamış kısaca.

"Hayhay" demiş küçük şeftali ağacı. "Çok sevinirim etrafımda mis kokulu güzel çiçekler olsun, ahbaplık edelim. Elimden geleni yaparım seni burada rahat ettirmek için."

Çiçek tohumu gördüğü bu misafirperverlik karşısında çok duygulanmış. Küçük şeftali ağacının dibine tutunuvermiş. Çok geçmeden mis kokulu rengârenk çiçekler açmaya başlamış küçük şeftali ağacının etrafında. Derken kelebekler, arılar, kuşlar da doluşmuş bahçeye. Çiçeğin kokusu civar evlerden bile duyulur olmuş. "Bu ne güzel koku böyle?" diye sorup soruşturmaya başlamış insanlar. Bahçenin sahibi de pek memnun olmuş bu durumdan. Çiçekler bütün bahçeye yayılsın diye daha çok sulamaya başlamış küçük şeftali ağacının bulunduğu köşeyi. Her gün düzenli bakımını yapmış, özel gübrelerle beslemiş toprağı da. Çiçeğin sayesinde küçük şeftali ağacı da güçlenmiş. Suyu, gübresi, bakımı olunca kısa zamanda büyümüş, meyve vermeye başlamış. Hem de kocaman, sulu sulu şeftalileri olmuş. Bahçenin bu köşesi cennetten bir köşeye dönüşmüş adeta. Diğer şeftali ağacının olduğu tarafsa kurumaya başlamış. Çünkü bahçe sahibi bütün ilgisini bu yeni cennet köşesine yöneltmiş. Diğer tarafı gördüğü yokmuş artık. Gel zaman git zaman o büyük şeftali ağacı giderek zayıflamış, küçülmüş ve artık meyve veremez hale gelmiş... Bencilliğinin bedelini kuruyarak ödemiş, diğer şeftali ağacı ise, cömertliğinin karşılığını güzel kokulu yeni dostlar edinerek ve daha da büyüyerek almış.

O yüzden karamsarlığa kapılma; kalbin temizse hikâyen mutlu biter...

YAVAŞLARSAN, HIZLI GİDERSİN

"Çağımızın en büyük sorunlarından biri nedir?" diye sorsalar, muhakkak "Hız!" derdim. Öylesine aceleyle, öylesine telaş içinde ve hep bir yerlere ya da bir şeylere yetişme kaygısı içinde koşar adımlarla yaşıyoruz ki, ıskaladığımız şeyler sadece etrafımızdaki güzellikler değil, düpedüz ruh sağlığımızı, duyularımızı ve kalbimizle olan bağlantımızı kaybediyoruz.

"O kadar hızlı gidiyoruz ki, ruhlarımız geride kalıyor."

Öylesine acelemiz var ki zevkli aile sofraları için yemek pişirmek şöyle dursun ya pratik atıştırmalıklar tercih ediyoruz ya da dışarıda yiyoruz. Sofra başında sıcacık bir sohbetin içinde buluşmanın bir önemi yok artık. Önemli olan dizi saatinde herkes televizyonun başında olsun kâfi... Selamlaşmak, birinin işini görmek, derdini dinlemek, bir dosta zaman ayırıp yanında bulunmak artık çok büyük lüksler...

Ne acıdır ki bir araştırmaya göre insanların yüzde sekseni hiç konuşulmayan, samimi sohbetlerin olmadığı yemeklerden sonra televizyon karşısına geçiyor ve dizi bitmeden kanepede uykuya dalıp gidiyor. Sadece yüzde yirmisi ailesine, dostlarına zaman ayırıyor ya da kendini ilmi yönden yetiştirmeye çalışıyor.

İnsanların büyük şikâyetleri: "Hiçbir şeye yetişememek..."

Ne yazık ki iyi vakit geçirmeye, dostlarla buluşmaya, kitap okumaya, dinlenmeye, iyi bir amaç için organize olmaya, yeni işler yapmaya, güzel düşler kurmaya, düşler için harekete geçmeye, ilmi yönden gelişmeye hiç ama hiç zaman yok.

Şehir insanı zaman kavramıyla kavgalı...

Zamansızlık yüzünden mutsuz ve kaygılı...

Hep şikâyet halinde.

Çocuklarına bile vakit ayıramamaktan yakınan ebeveynler tanıyorum.

"Eşimi göremiyorum" diyen insanlar var.

"Aynı evin içinde karşılaşamıyoruz bile çünkü çok yoğunuz ve birbirimize denk gelmemiz çok zor oluyor" sözüne benzer binlerce vakitsizlik senaryosu biliyorum.

Oysa bütün sorun acele etmekten kaynaklanıyor.

Mutsuzluğun, zamansızlığın ve şikâyetlerin temelinde yatan en büyük problemlerden biri *hız...*

Unutma ki, acele ettiğin hiçbir şeye yetişemezsin.

Koştuğun sürece varmak istediğin yere zamanında varamazsın.

Hız, insanı geciktirir.

Telaş, olacak olanı da oldurmaz.

Bütün mesele yavaşlayabilmekte...

Ancak yavaşladığın an her şey için yeterli zaman bulabilirsin. Unutma ki aceleyle koşarsan düşersin, yürürsen varırsın.

Yeri gelmişken iki oduncunun hikâyesinden bahsetmek isterim. Odunculuk yapan iki arkadaş ormanda ağaç kesiyorlarmış. Biri sabah erken saatte kalkıp yola düşüyormuş. Ağacın biri devrilirken o diğerine geçiyormuş çoktan. Pek hızlıymış eli. Gün boyu dinlenmediği gibi öğle yemeği için bile mola vermiyor, aç açına çalışmaya devam ediyormuş. Akşamları da oldukça geç bırakıyormuş işi.

Diğer oduncu ise daha sakinmiş. Uykusunu aldıktan sonra uyanıp gidiyormuş ormana. Makul saatlerde çalışıyor, ara sıra dinleniyor, öğlende de yemeğini yiyormuş bir güzel. Hava kararmaya başladığı an baltasını indirip toparlanıyor, evine geri dönüyormuş.

On gün boyunca bu tempoda çalışıp durmuşlar. Sonra kimin ne kadar ağaç kestiğini saymaya gelmiş sıra. Sayım yapmışlar ama bir de ne görsünler? Az çalışan oduncu, diğerinden daha fazla ağaç kesmiş.

Çalışkan oduncunun sinirleri bozulmuş tabii. "Bu nasıl olabilir?" diye çıkışmış. "Ben senden daha çok çalıştım. Senden saatler önce işe başladım, senden saatler sonra paydos ettim. Nasıl olur da sen benden fazla ağaç kesmiş olabilirsin? Bu işin sırrı ne?"

Az çalışan oduncu gülümsemiş... "Ne olacak canım" demiş. "Sen hiç durmadan sürekli çalışıp durdun. Ben ara sıra dinlenip baltamı biledim. Keskin baltam sayesinde daha az çabayla daha çok ağaç kesebildim. Keşke sen de baltanı bilemek için biraz mola verseydin, kendine zaman ayırsaydın."

Bu hikâyede de anlatılmak istendiği gibi önemli olan çok uzun saatler harcamak değil, biri işi gönülden yapabilmek. Bunun içinse ruhuna zaman ayırmalı ve kalbinin tezkiyesine önem vermelisin.

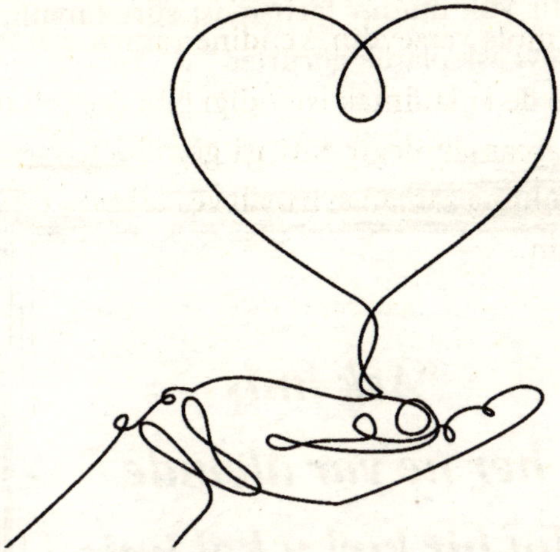

AŞK İÇSEL BİR DEVRİMDİR

"İşitin ey yârenler aşk bir güneşe benzer

Aşkı olmayan kişi misali taşa benzer."

Yunus Emre beni dinleyin ey dostlar diyor ve aşk yoksa kalbinde, o gönül taşa benzer diyor.

Yunus Emre'nin bu şiirine benzer şekilde Seyrani de şöyle demiş:

"Ben bağrımı toprak sandım taş imiş

Meğer taşa tohum ekilmez imiş."

Taşa ne ekebilirsiniz ki? Ama verimli bir toprakta her türlü güzellik yetişir. O yüzden sufiler için aşk en önde gelir.

Aşk var mıdır yok mudur tartışması süredursun, sufiler evrendeki her şeyi aşk olarak görürler.

"Aşk imiş
her ne var âlemde
İlm bir kıyl u kal imiş
ancak."

Fuzuli

(Dünyada her şey aşktan ibaretmiş

İlim aşkın yanında sadece bir dedikodudan ibaretmiş.)

Fuzuli

Eskiden dergâha eğitime gelen öğrenci adaylarına üstat sorarmış, daha önce âşık oldun mu diye.

Hayır derse, git önce âşık ol sonra gel derlermiş.

Kuddusi diyor ki:

"Aşkı edegör başına tac, deme mecazi

Âşık olanın gönlüne irfan gelür elbet."

(Aşkı başına taç et, dünyevi aşk dahi olsa taç et, çünkü bir insanın kalbine aşk gelirse, mutlaka ardından ilim de gelir, irfan da gelir.)

O yüzden aşk ile başlayalım.

Aşkı konuşmayanlara aşkolsun...

Leyla'dan Mevla'ya gidelim...

Daha konuşacağımız çok şey var, yol arkadaşım.

Aşk, İçsel Bir Devrimdir

Bunca yıllık yaşam deneyimine rağmen, hâlâ bazı konularda kendini acemi hissediyorsun. Sanki onca şeyi sen yaşamadın! Neden her defasında kendini çocukça toyluklar ve belirsizlikler içinde bulduğuna hiçbir anlam veremiyorsun? Özellikle de sevmek için seçtiğin insanlarda...

Aslında karmaşık gibi görünen bu soruların cevapları oldukça basit... İş ki öğrendiğini uygulayabilmekte...

Sürekli aynı şeyi yapmaya devam ettiğinde, belli ki yaşayacağın sonuçlar değişmeyecek. O halde bazı bilinenleri yıkmak ve yerine yenilerini inşa etmek gerek. Üstelik kendinden başka yerinden oynatabileceğin tek bir yaprak bile yok yeryüzünde.

Kısacası, her hikâye sende başlar, seninle anlam bulur ve yine seninle biter.

Kullanmayı Unuttuğun Hakikatini Hatırla!

Yaşadığın ilişkilerle beraber edindiğin sosyal ve toplumsal öğretilerle birlikte hem kendin hakkında hem de ilişkilerin hakkında doğru gibi göründüğü halde hiçbir geçerliliği olmayan bir dolu yanlış bilgi kalıplarıyla dolu zihnin. Öğretilmişlerin ve dayatılmışların dışına çıkamadığın için, ruh eşini bulmak, doğru insanlarla karşılaşmak ütopik bir hayalden öteye geçemiyor. Bu uğurda kendince gösterdiğin çabalar da suya yazılmış yazılar misali sana sadece anlık mutluluklar yaşatıp kayboluyor.

Hem eş ruhunu bulmak, hem manevi yolculuğunda mesafe kat edebilmek için yapacağın en önemli şey, şimdiye kadar öğrendiğin birçok şeyi unutmak olmalı...

Öğretilmişlerden, dayatılmışlardan silkelen.

Buraya deneyimsiz, önyargısız, kalıpsız gel.

Aksi halde bildiğini sandıklarınla, öğreneceklerinin savaşı arasında çaresiz kalır, bir adım ötesine geçemezsin.

Seni, sendeki gerçek sen ile tanıştırmak istiyorum.

Yargılarından kurtul.

Bildiklerini unut.

Anlatacağım hikâyeye kendini ver lütfen.

***

Uzak diyarların birinde dört eşiyle birlikte yaşayan bir kral varmış. Bu kral, dört eşini de sahiden pek severmiş.

Dördüncü eşinin üzerine çok titrer, gözlerinin içine bakarmış. En güzel elbiseleri onun için yaptırırmış, en değerli mücevherleri ayaklarının altına serermiş. Üçüncü eşine de ayrıca çok düşkünmüş. Güzelliğiyle gururlanırmış. Bu güzelliği herkes görsün istermiş. Üçüncü eşinin onu terk edeceği korkusuyla yanıp tutuşurmuş. Ondan yana hep endişeli ve aklı karışıkmış. İkinci eşinin yeri de ayrı tabii. İkinci eş, kralın en büyük sırdaşıymış. Ne zaman ihtiyacı olsa ikinci eşi onun hep yanında olur, derdini dinler, destek olur, yol gösterir, yoldaşlık edermiş. İlk eşiyle ilişkisi başkaymış ama... Sahip olduğu servette, saltanatta ve güçte ilk eşinin katkıları çok büyükmüş. Ne var ki kral onu hep görmezden gelir, yok sayarmış. Buna rağmen ilk eş, krala yüksek bir sadakatle ve sevgiyle bağlıymış. Ne yazık ki kral bunun farkında bile değilmiş.

Günlerden bir gün kral amansız bir hastalığa yakalanmış. Doktorlar zamanın daraldığını, yakında kralın öleceğini söylemişler.

Kral üzülmüş tabii. Dünyalar güzeli dört eşi var, sonsuz bir serveti ve itibarı var... Lakin yakında amansız bir hastalıktan dolayı bütün bunları terk ederek ölüp gidecek. Kendi kendine düşünüp kederleniyormuş sürekli...

Sonunda aklına bir fikir düşmüş, derhal dördüncü eşini çağırmış yanına. "Ey benim güzel karım" demiş. "Bilirsin ki servetimi en çok senin uğruna harcadım. Kumaşların en pahalılarını, mücevherlerin en eşsizlerini ayaklarının altına serdim. Gel gör ki ben artık ölüyorum. Zamanım kısa... Öte dünyaya bir başıma gitmek istemiyorum. Orada yalnız kalamam. Sen de benimle birlikte gelir misin?"

"Kesinlikle olmaz!" demiş kadın hiç düşünmeden. "Seninle katiyen gelemem."

Korkuyla büyüyen gözlerini kaçırmış kocasından. Başka söz etmeden çıkıp gitmiş odadan.

Kral kahrolmuş. Duyduklarına inanamıyormuş. Bunun üzerine bir umut üçüncü eşini çağırmış yanına.

Aynı konuşmayı üçüncü eşine de yapmış. "Güzelliğinle hep gurur duydum. Seni her zaman çok sevdim. Artık ölüyorum ve senin de benimle birlikte gelmeni istiyorum" demiş. "Öte dünyada yalnız bırakma beni..."

"Mümkün değil" demiş üçüncü eş. "Hayat çok güzel... Ben daha çok gencim. Yaşamak istiyorum. Başka biriyle evlenip hayatıma kaldığım yerden devam edeceğim. Benim daha zamanım var."

Üçüncü eşinden bu sözleri işiten kral, göğsünden hançer yemiş gibi bir "Ah!" çekmiş. Kederinden daha da hastalanmış.

Fakat ikinci eşinden yana daha umutluymuş. Hiç bekletmeden ikinci eşini çağırmış yanına.

"Sen en değerli sırdaşımsın benim" demiş. "Ne vakit içim sıkılsa, başıma bir dert gelse koşar gelirdim sana. Sen merhametli, akıllı ve şefkatli bir kadın oldun hep bana. Öte dünyada da beni yalnız bırakmak istemezsin biliyorum. Benimle gelecek misin?"

"Benden bunu isteme" demiş ikinci eşi. "Yaşadığın sürece her zaman yanındayım. Seni her zaman dinlerim. Derdine derman olurum. İyi günde kötü günde sana yoldaşlık ederim. Mezara kadar yanındayım. Ama bundan fazlası olamaz. Seninle ölmemi bekleme benden."

Kralın burnunun direği sızlamış. İkinci eşinden beklediği cevap bu değilmiş zira. Dili tutulmuş gibi suspus olmuş kral. Dokunsalar çocuk gibi ağlayacak...

Bu sırada bir ses işitmiş.

"Nereye gidersen git, ben seni hiç yalnız bırakmayacağım, seninle her yere gelirim..."

Kral şaşkınlıkla başını kapıya çevirip bakmış. Bir de ne görsün, ilk eşi duruyor karşısında.

İlgi göstermediği, ihmal ettiği, çok zaman varlığını bile unuttuğu ilk eşi... Onca ihmal edilmiş olmasına rağmen, kralla birlikte ölmeyi göze alıyordu şimdi.

Kral içini çekmiş. Ne diyeceğini bilememiş bir an. Yutkunarak konuşmaya başlamış ilk eşiyle.

"Affet beni" demiş. "Zamanında sana daha iyi bakmalıydım. Seni ihmal etmemeliydim. İhtiyaçlarını tam görmeliydim. Seni de çok sevmeliydim."

***

İhmal Ettiğin Yanın, Gün Gelir Sığınacağın Tek Liman Olur

Hayat da böyledir işte. İhmal ettiğin yanın, gün gelir sığındığın en kuvvetli tarafın olur.

Hikâyenin içindeki sembolleri okuyacak olursak, dört eşin insan hayatındaki dört önemli temeli temsil ettiğini görebiliriz.

Dördüncü eş: *Bedenimizi temsil eder.* Bedenimizi severiz ve güzel görünmek için bedenimize özen gösteririz. Fakat ölürken bedeni, dünyaya terk eder gideriz.

Üçüncü eş: *Dünya deneyiminde sahip olduğumuz maddi değerleri, serveti, kariyeri ve statüyü temsil eder.* Öldüğümüzde servetimiz el değiştirir. Sahip olduğumuz bütün maddi değerler, başkasına aktarılır. Yunus Emre'nin de dediği gibi: ***"Mal da yalan mülk de yalan, gel biraz sen oyalan..."***

İkinci eş: *Aileyi ve dostları temsil eder.* Her ne kadar birbirimize çok yakın da olsak, kuvvetli bağlarla birbirimize kenetlenerek bir yaşam sürmüş de olsak, ölüm anında hepsi arkamızda kalır. Hayat geride kalan için devam eder. Bağımız, mezara kadardır ancak. Mezardan sonrasına güç ve destek veremezler. Yanımızda olamazlar.

İlk eş: *İhmal edilmiş, az sevilmiş, ertelenmiş olan ilk eş, ruhumuzu temsil eder.* Bizi, ölümden sonra da terk etmeyecek olan ruhumuzu...

En ihmal ettiğimiz yanımız, aslında sığınabileceğimiz en kuvvetli, en gerçek ve en yalın tarafımızdır.

Buna rağmen eksik, yarım ve ihmal edilmiş kalır.

Ruh, elbette gönülde barınır. Kalpte mesken tutar. Tevazu sahibidir. Sevilmese de sever, ihmal edilse de değerinden eksilmez, ertelense de sabırlıdır. **Ne kadar öfke içinde olursak olalım, gönül her an sevmeye hep hazırdır.**

Sevmeye, bu yüzden gönülden başlamak gerekir. ***Kendini sevmeye başladığında ancak, başkalarında kendinden yansıyan güzellikler bulur, bulduğun güzellikleri aynalar, çoğaltır, büyütürsün.***

"Bir insanı sevmekle başlar her şey" diyor ya Sait Faik, işte o insan sensin... Kendini sevmeye başladığında başlar her şey...

Kendinden sakındığın sevgiyi başkalarına hoyratça sunabiliyorsan, kendinden sakındığın saygıyı başkalarına adayabiliyorsan, şu hayatta en çok kendine borçlu kalmışsın demektir.

"Öz-sevgi", "özsaygı", "özgüven" kelimelerini çokça duymuş olmamıza rağmen doğru kullanmadık. Sevgi de, saygı da, güven de önce insanın kendinde başlayan ve kendinde yaşayan değerleri olmalıdır.

Sende olmayanı, başkasına veremezsin. Vermediğin bir şeyi kimseden de bekleyemezsin.

Oysa bütün dinler ve ruhani öğretiler insan türünü "eşrefi mahlukat", yani "yaratılmışların en şereflisi" olarak niteledi.

Kuran'a göre, Yaradan'ın ruhunu içimizde taşıyoruz. ***Böylesine bir kutsallıkla onurlandırılmış insanlar olarak, ne hakla kendimize karşı saygısızlık ederiz? Ne hakkımız var kendimizi ertelemeye? Kendimizi sevmemek ne cüret? Kendimizi ne hakla küçük görürüz? Ne hakla değersizleştiririz?***

Bu yüzden, önce bildiklerini unut ve işe kendini sevmekle başla...

"Başkalarından
bekliyorsan ilgi,
saygı ve önemsenme
Dur ve sor, ben bunları
kendime ne kadar
veriyorum diye."
Şems-i Tebrizi

Sen kendini seversen zaten sevilirsin.

Sen kendine saygı gösterirsen zaten saygı görürsün.

Sen kendine güvenirsen zaten güvenilirsin.

Sen değişirsen, dünya değişir.

O halde hadi, dünyayı değiştirmeye başlayalım...

DEĞER NEDİR BİLİR MİSİN? ÖDÜNÇ VEREMEDİĞİN, BORÇ ALAMADIĞINDIR!

"Varoluş" başlı başına bir değerdir. Kimsenin üzerine değer koyamadığı, kimsenin üzerinden değer çalamadığı bir hakikattir *varoluş*...

Bu yüzden "değer" kaybedilen, eksilen, verilen, alınan, satılan, el değiştiren bir özellik değildir. Yine bu yüzden "değer"e paha da biçilemez. "Değer"in bir fiyatı yoktur, olamaz.

Varoluşun, hakkıdır değer...

Kimsenin biçtiği ya da biçmediği fiyatlarla yükselip alçalamaz.

Konuya biraz daha yakından bakabilmek adına, küçük bir hikâye anlatmak isterim:

Amerika'da ünlü bir hatip konuşmasına 100 dolarlık bir banknotu eline alarak başlar ve "Bu 100 dolarlık banknotu kim ister?" diye sorar.

Sormasıyla birlikte salondaki eller neredeyse aynı anda havaya kalkar.

"Ben isterim, ben isterim..."

"Peki" der hatip. Bu kez 100 doları iyice buruşturduktan sonra kaldırır ve aynı soruyu sorar.

"Bu 100 dolarlık banknotu hâlâ kim istiyor?"

Salonda eller havalanır yine.

"Ben isterim, ben isterim..."

Bunun üzerine hatip banknotu yere atar ve ayakkabılarıyla ezer. Kirlenmiş banknotu yeniden alır ve kalabalığa göstererek "Hâlâ isteyen var mı?" diye sorar.

Görür ki, havalanan ellerde hiçbir azalma olmaz. Herkes hâlâ kirlenmiş, yıpranmış banknota taliptir.

Konuşmacı, kalabalığa bakarak gülümser ve şöyle der:

"Ne yaparsam yapayım, sizi 100 dolardan vazgeçiremiyorum. Çünkü her ne yaparsam yapayım, 100 dolar, hâlâ 100 dolar. Buruşturarak, ezerek, kirleterek değerini eksiltemiyorum. Gördüğünüz gibi işte hâlâ 100 dolar. *Umarım, kendi değerinizin de eksilmeyen bir güç olduğunun farkına varmışsınızdır.*"

***

Hayat, insana deneyimlettiği süreçle anlamlıdır. Yarın ne olacağını bilememek, hayat sürecinin hem en eğlenceli, hem en çetin, hem de en güçlü yanıdır.

Bilinmezlik, hayatı yaşanır kılar. Öğrenmek bu yüzden çok değerli ve çok anlamlıdır. Bilinmeyeni öğrenerek, büyüyerek, gelişerek yol alır insan.

Başımıza ne geleceği hakkında hiçbir fikrimiz yok. Gelecek olan bilinmezlikle nasıl baş edeceğimiz konusunda da fikir yürütemeyiz. Güven, teslimiyet ve esneklik içinde bu yolculuğu sürdürmekten başka yapabileceğimiz en iyi şey, *"Bu yolculukta kaybetmek yok. Sadece deneyim var..."* düsturunu hatırlamaktır.

Zirveden aşağılara yuvarlanabilir insan, üzerine basılabilir, çelme yiyebilir, yere düşebilir, itilebilir, kirletilebilir, yaralanabilir... Peki bütün bunlar, yaşam yolculuğunu değersizleştirebilir mi?

Asla...

Yaşanan deneyim ne olursa olsun, bütün olumsuzluklara rağmen, insan sahip olduğu değerden yana eksilme göstermez. Belki vazgeçebilir, yorulabilir, küsebilir, içine kapanabilir ama değerinden hiçbir şey kaybetmez.

İşte bu noktada durup düşünmek çok önemli.

Madem, başına gelen hiçbir olumsuzluk değerinden hiçbir şey eksiltmeyi başaramıyor, o halde neden vazgeçmeyi seçesin ki? Neden içine kapanasın, neden geri adım atasın?

Yorgunluk mu?

Telafisi var...

Hayat senden vazgeçmemek için sana eksilmeyen bir "değer" armağan ettiği halde, yorulmak bahanesiyle yola küsülür mü hiç?

Danışanlarımın çoğunun dilinden dökülen sözler birbirine çok benziyor biliyor musun?

"Mutluluğa inancım kalmadı, aşka inancım kalmadı. Çok yorgunum, yeni bir ilişkiye gücüm kalmadı. Mutlu olunacağına inanmıyorum, hayatımda bu saatten sonra bir şeyler değişmez..."

Sana da çok yabancı sözler değil bunlar, biliyorum.

Bir deneyimde ya da birkaç deneyimde hayal kırıklığı yaşadıktan sonra bütün yeni ve güzel deneyimleri, eskinin korkularıyla örselemek, başlamadan sonuna karar verme cüretini göstermek aslında ne büyük bir haksızlık...

Kime karşı mı?

Sana eksilmeyen bir "değer" bahşedene karşı...

Potansiyeline karşı...

Yapabileceklerine karşı...

Zekâna karşı...

Hislerine karşı...

Yüreğine karşı...

Başlı başına kocaman bir "haksızlık" bu!

Senin temel inancında "Ben artık yorgunum, hiçbir şeye inancım kalmadı, doğru insanı aramaktan da vazgeçtim, mutluluktan da, huzurdan da" düşüncesi yatarken, iyinin ve güzelin karşına çıkma ihtimali ne ki? Diyelim ki bu güzellikler karşına çıktı... İnancında yorgun ve vazgeçmiş biri olarak, bunları görmen, hayatına alman, onu yaşaman ne kadar mümkün olabilir ki?

Böyle düşünceler içinde olursan elbette korkup çekindiğin sonu eninde sonunda var edeceksindir. Yorulmaya hazır olduğun için yine yorulacaksındır. "Bu da farklı değil" inancına sımsıkı tutunduğun için mutluluk da, huzur da, doğru insan da diğerlerinden farksızlaşarak çekip gidecektir. Doğal olarak hazır olduğunu yaşayacaksındır. Bunda şaşılacak ne var ki?

Düşüncelerin tohumdur. Kaçınılmaz şekilde, zihninin ve kalbinin toprağına ektiğin düşüncelerin meyvelerine maruz kalacaksındır. Unutma ki orman da toprağa düşen minicik bir tohumun sonucudur. Önemsemediğin bir düşünce şekli, zamanla yaşamını kuşatan bir ormana dönüşecektir.

Bu yüzden konuşurken seçtiğin kelimelere, ağzından çıkan seslere, sözlere ve zihnine ektiğin düşünce tohumlarına karşı bilinçli ve zinde ol. İçeriye kader olarak davet ettiğin her söze, her düşünce şekline dikkat kesil...

Güzel konuş, güzel düşün, güzel yaşa...

Bir bilgenin dediği gibi: "*Düşüncelerine dikkat et, kelimelerine dönüşürler. Kelimelerine dikkat et, davranışlarına dönüşürler. Davranışlarına dikkat et, alışkanlıklarına dönüşürler. Alışkanlıklarına dikkat et, kaderin olurlar...*"

Düşüncelerimi Nasıl Değiştirebilirim ki Deme!

"Bilinçaltım öylesine kirli ki, bu saatten sonra düşüncelerimi nasıl değiştireyim?" deme. Çünkü her büyük değişim, küçücük bir ilk adımla başlar. Her şeyi değiştirebilme potansiyeline sahip olduğunu hatırla. Bugünkü deneyimini inşa eden de sensin. Elbette değiştirebilecek olan da yine sensin.

Hiçbir şey için geç değil... Derler ki: "Bir ağacı dikmek için en iyi zaman yirmi yıl önceydi belki ama ikinci en iyi zaman bugündür."

Şimdi yeni bir karar alalım birlikte. Bundan böyle konuşurken de, düşünürken de dikkatli olacağız. Dilimizden güzel sözler dökülecek, çünkü zihnimizde güzellikler biriktiriyor olacağız. Bu yüzden kitap boyunca bir oyun oynayacağız.

Nasıl mı?

Egzersiz Zamanı

Kendine renkli bir bileklik al. Dilersen yüzük de olabilir. Kırmızı, yeşil, mavi fark etmez. Kitap boyunca bilekliğini hiç çıkarma. Bilekliği her gördüğünde sözlerine, düşüncelerine ve kendine dikkat etmen gerektiğini hatırla.

Zamanında padişahın biri de aynı yöntemle kendine böyle bir hatırlatıcı yapmış.

Bu da Geçer

Bir gün padişah bütün vezirlerini toplayıp, "Bana bir yüzük yaptırın ve üzerine öyle bir şey yazdırın ki her baktığımda, hüzünlüysem neşeleneyim, neşeliysem hüzünleneyim" diye buyurmuş.

Vezirler kafa kafaya verip düşünmüşler ve memleketin dört bir yanına haber salmışlar. Sonunda bir gün sultanın karşısına çıkıp hazırlattıkları yüzüğü vermişler.

"Tamam işte" demiş padişah yüzüğe bakarak. "İstediğim de buydu."

Yüzüğün üzerindeki yazıya bakmış bir kez daha: **"Bu da geçer ya Hu"** yazıyormuş üzerinde.

Sufilerin dergâhlarına bu söz tablo olarak asılırmış: "Bu da geçer ya Hu."

Yani her şey ama her şey geçiyor. Mevlana'nın dediği gibi:

"Her şeyi bu kadar
dert etme ey gönül,
zira ne bu dertler kalıcı
ne de bu ömür."

SEN KENDİNE DEĞER VERMEZSEN KİMSE SANA DEĞER VERMEZ

"İnsanlarla ilişkilerinde asla kendini ikinci plana atmalısın! Önce sen gelmelisin bunu unutma! Başka insanlar üzülmesin diye kendini üzmeyi tercih etmemelisin."

Herkese saygı gösterdin, herkese değer verdin ama bir kişiyi unuttun, kimi?

Tabii ki kendini.

Eşiyle ayrılmaya karar vermiş bir danışanım vardı. Hiçbir şeyin eskisi gibi olmadığından yakınıyordu. "Eşim bana ilk zamanlarımızdaki kadar ilgi göstermiyor, bana saygısı da kalmadı" diyordu. Oysa ilişkinin ilk dönemlerinde her şey yolundaydı. İlgi, sevgi ve saygı görüyordu. Peki ya sonra ne oldu?

Danışanım tamamen eşinin tepkilerine odaklıydı. Kendi tepkilerini gözden geçirmek aklına bile gelmiyordu. Ona ilişkinin ilk dönemlerinde kendisinin nasıl bir eş olduğunu sordum.

"Sen nasıl davranıyordun?" dedim. "Nasıl giyiniyordun, eşinle nasıl konuşuyordun, şimdi nasıl davranıyorsun, giyim kuşamın neden değişti, eşinle artık nasıl konuşuyorsun?"

Ne yalan söyleyeyim, cevapları çok içten, çok sahiciydi. Bu yüzden paylaşmayı özellikle istedim.

"Önceleri kendim gibiydim" dedi. "Sevdiğim şeyleri de, sevmediklerimi de içtenlikle söyleyebiliyordum eşime. Ona ne kadar ilgi gösteriyorsam, kendime de dikkat ediyordum. Düzenli şekilde kuaföre gidiyordum. Haftada iki gün spordaydım. Keyifli bir sosyal hayatım vardı. Arkadaşlarımla buluşurdum. Birlikte eğlenceli programlar yapardık. Keyfim yerindeydi. Her şey yolundaydı."

Danışanımın anlattıklarından yola çıktığımda, bir zamanlar her şeyin yolunda olduğuna ben de ikna olmuştum, çünkü eskiden yaydığı enerji son derece yüksek, canlı ve samimi... Kendini seven, kendine dikkat eden, ihtiyaçlarının farkında, özsaygısı yüksek bir kadından söz ediyoruz.

Ne var ki sonrasında işin rengi değişiyor.

"Arkadaşlarımla buluşmamdan rahatsız olabileceğini düşünerek kendimi sosyal hayattan soyutlamaya başladım" diye anlatmaya devam ettiğinde, sesinin rengi bile artık eskisi gibi değildi. "Ayrı spor salonlarına gitmek yanlışmış gibi geldi bana. O başka yerde, ben başka yerde... Olmaz dedim. Onu da çağırdım. Gelmeyince ben de sporu bıraktım. Ayrı olmak istemedim. Onu mutlu edebilmek için fedakârlıklar yapmaya başladım. Onun istediği yerlere gitmeye başladık. Hoşlanmadığım şeyleri artık söyleyemez olmuştum. Neden bilmiyorum. Onu kaybetme korkusu yaşamaya başladım sanırım. Sıkılmasın diye alışveriş saatlerimi bile azalttım. Tek amacım onu mutlu etmekti. Böylece ilişkimiz daha iyiye gidecek diye düşünüyordum. Ama garip bir şekilde ilişkimiz kötüye gitmeye başladı. Eskisi kadar ilgi göstermiyor bana... Sanki saygı da duymuyor gibi..."

Konuşmasını tam da bu noktada kestim. "Problemin ne olduğunu görebiliyorum" dedim. "Şimdi sen de görmelisin."

Kurduğu son cümleyi tekrar etmesini istedim. "Eskisi kadar ilgi göstermiyor bana... Sanki saygı da duymuyor gibi "

İşte ilişkinin kaderini açıkça anlatabilen en dürüst, en gerçekçi cümlesi buydu. Yaptığı ya da yapmadığı her şeyle, aslında yaydığı enerjiyle kendisine daha az ilgi göstermeye başlamıştı ve artık kendine saygı duymaz olmuştu. Kendine ilgi ve saygı göstermiyordu ama eşinin bunu yapmasını bekliyordu.

Kendine vakit ayırmaktan vazgeçmişti, arkadaşlarıyla bile buluşmaz olmuştu, sporu bırakmış, kuaföre gitmez olmuş, alışveriş yapmayı sonlandırmış, giyimine kuşamına özen göstermez olmuş, kişisel bakımını ertelemeye başlamış, kendi için yaptığı her şeyi hayatından çıkarmış bir kadından söz ediyorduk artık.

Böyle bir durumda elbette başkasının ona ilgi, saygı, özen ve coşkulu yaklaşım göstermesini beklemek zor olur. İlişkisinin kaderini kendi elleriyle değiştirmiş bir eş vardı karşımda ve bunun farkında bile değildi.

"Sen kendini ertelemeye başladığın için, eşin de seni ertelemeye başladı" dedim. "Sen kendini önemsemediğin sürece, önemsenmeyi bekleyemezsin. Buna hakkın yok..."

Sorunun ne olduğunu anlamıştı. Benim ona anlattıklarımı can kulağıyla dinledi ve ona verdiğim egzersizleri titizlikle uyguladı. Büyük bir kararlılıkla, eski düzenli yaşamına geri döndü ve özsaygısını kazandı. İlişkisi de eski mutlu günlerindeki kadar taze ve canlı hâlâ... Çünkü taze ve canlı bir kadın olarak yaşamayı seçti...

Sevildi, çünkü kendini sevmeyi öğrendi.

Saygı gördü, çünkü önce kendine saygı duymaya başladı.

Onunla ilgilenildi, çünkü artık kendisine ilgi göstermeye başladı.

Ve ona hep hatırlaması gereken bir cümle söyledim: "Senin gönlün değiştiğinde, dünyan da değişecektir."

İLİŞKİLERDE KAYBETME KORKUSU

İlişkilerimiz, kişiliğimizi eleverir.

Kendini Sevmek Bencillik Değildir

Kendini sevmek, kendine zaman ayırmak, kendine değer vermek, ihtiyaçlarını önemsemek, "bencillik" etmek demek değildir. Bencillik, paylaşmamaktır. Kendinde olanı, sadece kendine saklamaktır. Neşeni, coşkunu, iyiliğini, bonkörlüğünü, hoşsohbetini, bilgini, zamanını, enerjini kimsenin yararına kullanmamak, stoklamak ve çürümeye bırakmaktır.

Diğer bir deyişle enerjiyi istiflemektir. Oysa istiflemek, yoksunluk bilinciyle ilgilidir. Kileri ağzına kadar bakliyatla doldurup sonra bu bakliyatı kurtlanmaya bırakmaktır. Ne kendini ne de başkasının karnını doyurabildiğin mahsule hamallık etmektir. Ziyan etmektir.

Bencil insan, enerjisini istifleyerek ziyan eder. Paylaşmak, enerjiyi besler, büyütür, çoğaltır ve bereketli kılar.

Bu yüzden kendine değer veren ve enerjisini bonkörce paylaşanların içsel coşkuları kuvvetlidir.

Kendini sevmeyi beceremeyenin başkasını sevmekte becerikli olması beklenemez çünkü elinde paylaşabileceği bir şey yoktur.

Biz Bir Elmanın İki Yarısı Değiliz, Yan Yana Duran İki Ayrı Elmayız

İlişkilerde sık sık duyduğum bir cümle:

"Bir elmanın iki yarısı gibiyiz..."

Kulağa ne romantik geliyor değil mi?

Şarkı sözü gibi... Bir şiirin en tatlı mısraı sanki...

Bilinçaltı kodlarımıza öylesine yerleşmiş ki, kimi sevsek ortadan ikiye bölüyoruz. Çünkü onun diğer yarısı olduğumuza ölesiye inanıyoruz.

Bilinçaltı kodlarımıza işlemiş olan yanlışlardan biri de bu ne yazık ki.

İki ayrı insanın, ortadan bölünerek bir elmaya parça olması mümkün değil...

Hem bu yüzden ayrılıkların acısı da dayanılmaz boyutlar alıyor. Çünkü bilinçaltı diğer yarısını kaybettiği inancıyla yaşadığı hayal kırıklığını ikiye, üçe katlayarak ıstırap deneyimini büyütüyor. *"Biz bir elmanın iki yarısıyız" inancıyla ilişkiye sarılan kişiler, ayrılıklarda hüsrandan ziyade eksilme duygusu yaşıyorlar. Doğal olarak ilişki içinde de kaçınılmaz şekilde şiddetli bir kaybetme korkusuna maruz kalıyorlar.*

Kaybetme korkusu, hem hayatı hem ilişkileri yıpratan sahte duygulardan biridir.

Sen başlı başına bir değersin. Hayatına eş, partner ya da sevgili olarak seçtiğin kişi de en az senin kadar özgür bir değer. Başlı başına bir güç... İki özgür gücün birlikteliğinin daha güçlü, daha verimli, üretken ve keyifli olacağını hatırla. İki yarımı bir tam etme düşüncesinin sığlığından kurtar kendini.

İlişkiler eksik tarafımıza yerleştireceğimiz protezler değil... Bütünlüğümüzü taçlandıracağımız sevgi dolu paylaşımlar, ortaklıklardır. Yaslanmak için değil, güç ve sevgi birliği yaparak çoğalmak için ilişkilere ihtiyaç duyarız.

Bilinçaltında kaybetme korkusunun açığa çıkmasını istemiyorsan, "Biz bir elmanın iki yarısıyız, sen benim diğer yarımsın" düşüncelerinden kurtulup, tek başımıza da tam ve bütün olduğumuzu hatırlamalıyız.

"Bir elmanın
iki yarısı olmayalım.
İki ayrı çiçek olalım,
birleşince buket olalım."

GÖZÜNÜN ALAMAYACAĞI BÜYÜKLÜKTE BİR AĞAÇ, GÖZÜNÜN GÖREMEYECEĞİ KÜÇÜKLÜKTE BİR TOHUMLA BAŞLADI

Eskilerden kalma bir söz geliyor aklıma. Çok severim çünkü çok tatlı ve güçlü bir hikâyesi vardır içinde:

"Küçücük bir diken atın ayağına girdi mi, atı tökezletir, koşmasını engeller. O vakit at da üzerindeki komutanı engeller. Komutan istediği hareketi yapamaz. Hareketi kısıtlanan komutan, ordunun nizamını bozar. Nizamı bozulan ordu savaşı kaybeder. Kaybedilen bir savaş, memleketin elden gitmesine neden olur. Gördün mü? Küçücük bir diken yüzünden gitti koca memleket elden..."

Ne vakit bu sözü okusam, küçücük bir olayın ne kadar büyük sonuçlar doğurabileceğini hatırlarım. Düşünce tohumlarının aslında ne kadar güçlü olduklarını sorgularım içimde. Küçücük bile olsa, her olumsuz düşünce, atın ayağına batan dikendir aslında. *Hem de kocaman bir memleketin elden gitmesine mal olacak, küçücük saçma bir diken...*

Olumsuz düşüncelerden kurtulmak için, bu düşünceleri dile getirmekten imtina etmeli, yerine olumlu düşünceleri, olumlu cümlelerle inşa etmeli...

Koluna taktığın renkli bilekliğe bak ve tekrar et lütfen.

Kurduğun her olumlu cümle, atın ayağına saplanan dikeni söküp atan bir kerpetendir.

Her güzel sözünle yeni bir tohum ek bilinçaltına. O tohum önce fidana, sonra ağaca, arkasından ormana dönüşecektir. Kendine sevgi dolu, yemyeşil bir orman tasarla... bunu sadece düşüncelerinle ve sözlerinle bile yapabilmen mümkün... Hayat ne büyük bir mucize ve nasıl da senden yana değil mi?

Ne Düşünüyorsan, Osundur

Tasavvuf felsefesinde öğrendiğim ilk derslerden biri düşünce gücünün, insan hayatını nasıl yönettiğiyle ilgiliydi.

"Kardeşim sen düşünceden ibaretsin, gül düşünür gülistan olursun, diken düşünür dikenlik olursun" diyen Mevlana, tasavvuf felsefesinde de düşünce gücünün önemine özellikle dikkat çeker.

Sufi öğrenciliğim boyunca hocalarımın hepsi gül bahçesine dönüşmem için hep gülü düşünmem gerektiğini defalarca anlattılar bana.

Artık sıra bende...

Öğrendiklerimi cimrilik etmeden akıtabilmek için yazdım bu kitabı...

Hadi gülü düşünelim, gülistan olalım. Yaşam, gül bahçesine dönüşsün...

Şimdi sana kelimelerin gücünü anlatmak isterim.

AĞZINDAN ÇIKAN SÖZLER OLDUĞU GİBİ SANA GERİ DÖNER

Kelimeler sihirdir. Kendini, birini ya da bir durumu ifade ederken seçtiğin kelimelerin izini sür ve o kelimeyi neden seçtiğini takip et, çünkü kelime seçimlerin tesadüflerden ibaret değil. Hepsinin ruhsal ve zihinsel nedenleri var. Yaşadığın hayat bile, kurduğun kelimelerle var ettiğin dünyanın bir yansımasıdır. Bir kelime bile her şeyin yönünü bir anda değiştirebilir.

Kör bir adam, şehir manzarasının çok güzel göründüğü bir köprünün başında dilencilik yapıyormuş. Dizlerinin dibinde tuttuğu tabelanın üzerinde ise "Doğuştan kör" yazılıymış. Kalabalıklar günün her saatinde köprüden gelip geçiyorlar fakat dilencinin varlığını fark etmeden işlerine koşturup duruyorlarmış. Koca gün orada beklediği halde para toplayamadığı oluyormuş.

Günün birinde bir usta bir yazar, dilenciyi fark etmiş ve önünde duran tabelayı alarak üzerine bir şeyler yazmış. Sonrasında aldığı yere geri bırakmış tabelayı.

Bir süre sonra dilencinin para toplamak için açtığı eski fötr şapkanın içine para yağmaya başlamış. Usta yazarın yazdığı yazıyı okuyanlar, dilenciye para vermeden geçmez olmuşlar.

Bu mucizeye sadece bir söz sebep olmuş. Yazarın yazdığı, kısacık, basit ama güçlü bir söz:

"Güzel bir bahar günü... Ama ben baharı görmüyorum..."

"İfade" çok büyük bir güçtür. Olayların ve durumların akış yönünü değiştirebilme gücüne sahiptir. İyiyi kötüye, kötüyü iyiye dönüştürebilir. Çok kelime sarf ediyor olmak, iyi ve doğru ifadc etmek anlamına gelmez.

Kendin hakkında konuşurken de, biri ya da bir durum ve olay hakkında konuşurken de neyi nasıl anlattığına bak. Seni dinleyenin hisleri ve algısı üzerindeki gücünü gör. Her şey senin anlatım biçimine bağlı. Karşındaki insanın anlattığın şeyle ilgili nasıl hissetmesini istediğine göre kelimelerini seçtiğinin farkında ol. Aslında bir his mühendisliği yaptığını gör. Bu becerini bilinçli olarak kullandığında akışı değiştirebilecek sihirli bir güce sahip olduğunu hatırla.

Yunus Emre'nin konuyla ilgili ilham verici, ufuk açıcı şiirini sizlerle paylaşmak isterim:

"Keleci bilen kişinin yüzünü ağ ede bir söz

Sözü pişirip diyenin işini sağ ede bir söz"

der Yunus Emre... Günümüz Türkçesinde "Düzgün konuşan insanın yüzü, söylediği sözler yüzünden kararmaz. Kendi kötü duruma düşmez" anlamına gelir. Yunus Emre'nin "Sözü pişirmek" deyişi ise sözü olgunlaştırmak manasındadır. Nasıl ki yemeği kısık ateşte pişirmek lezzetini artırır, çay demlendikçe tat verirse, sözün de pişmesi, demlenmesi aynı lezzete kapı açar.

"Söz ola kese savaşı, söz ola kestire başı

Söz ola ağılı aşı, bal ile yağ ede bir söz"

dizelerinde ise "Bir söz bir savaşı kesebilir, sonlandırabilir. Buna karşılık yanlışlıkla söylenen bir söz de kişiyi başından edebilir, idam edilmesine yol açabilir" diyor Yunus Emre... Öyle bir söz söylersin ki, zehirli yemeği bile bal eder, ilaç eyler.

"Sözlerini olgunlaştır, yaramazını ayrıştır

Tart sözünü akıl ile, söyleme mevsimsiz bir söz"

diye devam eden büyük üstat, "Sözlerini akılla tart, olgunlaştır" diyor. "Olumsuz sözleri, zarar veren sözleri ayrıştır. Yeri gelmedikçe de söz söyleme."

"Kişi bile söz demini, demeye sözün kemini

Bu cihan cehennemini, sekiz cennet ede bir söz"

dizelerinde "Kişi söylediği sözleri bilmeli, başkalarına zarar veren sözler etmemeli" diyor. "Sadece bir söz bile bu cihandaki cehennemi, cennetlere çevirir."

"Yunus şimdi söz yatından, söyle sözü gayetinden

Pek sakın o şah katından, seni ırak ede bir söz"

dizeleri de "Yunus sözü usulüne göre söyle, dikkatli söyle, çünkü söyleyeceğin yanlış bir söz seni Hak katından uzak tutabilir" anlamına gelir.

Mevleviler Arasında Güzel Söz Söylemenin Önemi

Mevlevilerin aldıkları manevi eğitim, davranışlarda güzellik, zarafet ve nezaket olarak ortaya çıkmaz sadece. Mevlevilerin konuşurken seçtikleri kelimeler de, sözlerindeki özen de, bir o kadar kıymetlidir.

Agâh olmak, aşk-ı niyaz etmek, ganisi olmak, gönül etmek, sır olmak, hak vere gibi nahif ve incelikli sözler, Mevlevilerin ruhsal zarafetlerini de yansıtır. Onların dilinde, yakmak, söndürmek, kapatmak, gömmek gibi olumsuzluk ifade eden sözlere yer yoktur. Bu yüzden "Işığı yakmak" yerine "Işığı uyandırmak" derler. "Ateşi söndürmek" yerine "Ateşi dinlendirmek" derler. "Gömmek" yerine "Sırlamak" derler. "Kapatmak" yerine "Sır etmek" derler.

Mevleviler aynı zamanda olayları ve durumları hayra yormaya ve bunlar üzerinde hayırlı sözler söylemeye çok dikkat ederler. Onlara göre olumlu bakan olumlu görür ve olumlu yaşar. Hz. Peygamber'in "Ya hayır söyle, ya sus" sözünün değeri büyüktür Mevleviler için. Bu sebeple Mevlevilerin dilinde "düşeceksin, hasta olacaksın, kaybedeceksin, pişman olacaksın" gibi olumsuz ifadelerinin yerini "düşmeyesin, hasta olmayasın, kaybetmeyesin, pişman olmayasın" şeklindeki olumlu ifadeler almıştır.

KIYIYI KAYBETMEYİ GÖZE ALAMAYAN, YENİ OKYANUSLAR KEŞFEDEMEZ

Sen değiştiğinde, tepkilerin de kendiliğinden değişecektir. Tepkilerin değiştiğinde, doğal olarak deneyimlerin de değişecektir. Deneyimlerinin değişmesi, kaderinin değişimidir aslında.

Bunu göze aldığında, kendin için emek vermeye başladığında, her şey su gibi kolayca akıp yatağını bulacaktır diyemiyorum sana. Açıkçası bu değişim süreci dikensiz bir gül bahçesidir diyemem.

Bilakis...

Dikenli bir gül bahçesinin içinden, belki zaman zaman canın yanarak, tökezleyerek geçeceksin. Belki vazgeçme noktasına gelecek, eski mutsuz ama daha az yorucu hayatını kaldığı yerden yaşamayı bile düşüneceksin.

Tanıdık bir mutsuzluk, yabancı bir mutluluktan daha güvenli gelebilir. İnsan bildiği cehennemi, bilmediği bir cennete tercih eder ya... Sen de yeni sen ile tanışma sürecinde, eski cehennemini arayacak olabilirsin. Tanıdık mutsuzluklar, aşina olduğun içe kapanıklıklar, hep aynı hayal kırıklığıyla biten ilişkiler, hazırlıklı olduğun ayrılıklar, parçalanmalar, bölünmeler, artık iyice ezberlediğin gözyaşları, hayata küsmeler, yeni olana kalbini kapamalar... Bütün bunlar senin güvenli alanın. Bunlar ezberlediğin ve çokça deneyimlediğin için nasıl yaşayacağını, nasıl atlatacağını derinlemesine öğrendiğin konular.

Dilin her ne kadar "Sonsuz mutluluk, gerçek aşk" diye sayıklasa da, içsel ritmin, içsel dinamiğin seni tanıdık olanı deneyimletmeye çağıracaktır. Koşulsuzca sevilmenin ve bir ilişkiyi korkusuzca yaşamanın, bitimsiz bir mutlulukla ve doyumla kendini tamamlamanın ne demek olduğunu bilmeyen ruhun, bilinmeze karşı seni korumak isteyecek, tanıdık mutsuzluğuna geri dönebilmen için elinden geleni yapacaktır.

O yüzden bu çok ama çok önemli...

Kitabın ilk bölümlerinde yeni bir sen için ilk adımını attın. Değişime razı oldun. Sözlerini ve düşüncelerini takibe aldın. Diline, zihnine ve kalbine olumsuz hiçbir düşünce tohumunun düşmesine izin vermedin.

Peki ya şimdi ne olacak?

İkinci aşamada rotayı etrafındaki kalabalıklara çevirmek zorundasın.

"Ben bir denizim
Kendi içinde taşan
Ben bir denizim
Uçsuz bucaksız
Kıyısız hür bir deniz."
Mevlana

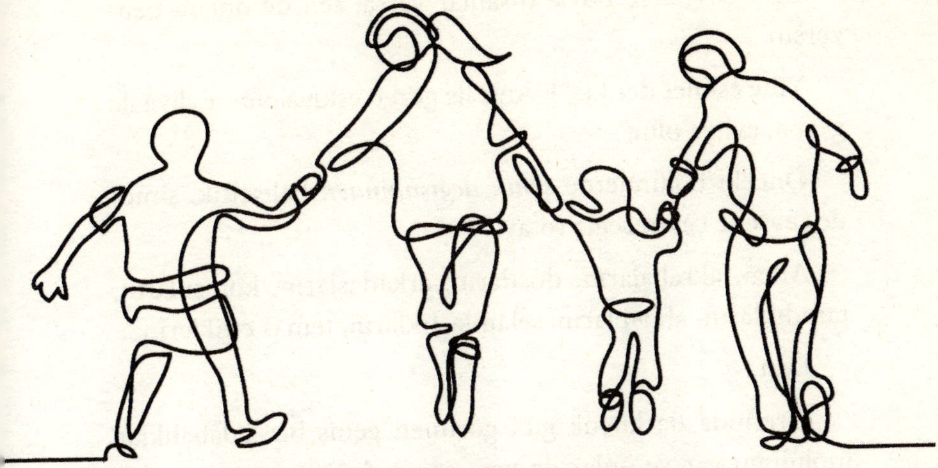

HAYATININ KALİTESİ, HAYATINDAKİ İNSANLARIN KALİTESİ KADARDIR

"Âdeme âdem gerektir âdem etsin âdemi

Âdem âdem olmayınca âdem netsin âdemi?"

(İnsana insan gerektir ki insanı insan yapsın.

İnsanda insanlık olmayınca, insan ne yapsın böyle insanı?)

Ziya Paşa

Ne güzel bir öğüt değil mi? Yanında insan varsa seni de insan yapar, yanında insan yoksa sana ne faydası dokunsun?

Tabii insan olmak kolay iş değil, Mevlana demiş ya: **"Hayatın içinde her şey olabilirsin ama mühim olan hayatın içinde insan olabilmektir."**

Eğer çevrende böyle insanlar varsa, sen de onlara benzersin.

Yine eskiler der ki: "Eşkıya ile gezen eşkıya olur. Evliya ile gezen, evliya olur."

Önceki bölümlerde *senin değişiminden* bahsettik, şimdi de çevrene çevireceğiz rotayı.

Ailen, akrabaların, dostların, arkadaşların, komşuların, tanıdıkların, ahbapların, selamlaştıkların, temas ettiklerin...

Evet...

Etrafında da küçük gibi görünen geniş bir kalabalıklar topluluğu var ve onlar da yeni senin değişim sürecine dahiller. Bu yolculukta etrafındaki hiç kimseyi yok sayamayız, duymazdan gelemeyiz.

Çünkü zaten sen onların ağzından çıkan her sözü işittin, aklına taktın, etkilendin ve onların sözlerine göre kendine şekil vermeye devam ettin. Dolayısıyla şimdiki sende onların da payı var.

Sen değişirken, etrafının aynı kalmasını bekleyemeyiz. Onlar da değişmek zorunda.

Sufiler, terbiye sürecinden geçerlerken bir konunun üzerinde uzunca dururlar ve şöyle derler:

Sen, aslında sana söylenenlersin...

Ben bu öğretinin üzerine gelişen çağın dinamiklerini de ekleyerek yeni bir bakış açısı daha getirdim.

O da şöyle:

Sana söylenenler

+

senin

kendin için söylediklerin

=

ŞİMDİKİ SEN.

Bu iki öğreti üzerinde durup etraflıca düşünelim derim.

Kendini kendin hakkında dedikodu yaparken yakaladın mı hiç?

Yakaladın...

Biliyorum... Ama üzerinde durmadın, görmezden geldin.

Hatta bazen şakasını bile yaptın. Kendinle başkalarını eğlendirmeyi denedin.

"Aman canım alıştık artık böyle yaşamaya... Yeriz çikolatayı, ağlarız geçer..."

"Akıllısı beni bulmaz, delisi peşimden ayrılmaz."

"Yapacak bir şey yok. Hayatı yalnız yaşamanın bir yolunu bulmak lazım artık..."

Kendi hakkında bu minvalde, biraz şaka yollu, biraz gülüp eğlenmek ama biraz da sitem etmek için kurduğun nice cümlelerin var aslında...

İçsel olarak yaydığın enerji şaka yollu gibi görünse de olumsuz ve karamsarken, etrafındaki insanların da hakkında iç açıcı, motive edici, olumlu şeyler söylemelerini bekleyemezsin.

Kendi sesin bile kulaklarını olumsuzluklarla doldururken, başkalarından yapıcı sesler işitemezsin.

O halde kendini değiştirirken, etrafındaki insanları da değiştirmek zorundasın. Çünkü sen, onlar için bir alışkanlıksın. Her ne kadar kendi değişimin için çabalıyor olsan da onlar hakkında şimdiye dek bildiklerini tekrarlamaya ve seni eski frekansına geri çekmeye devam edeceklerdir.

"Son zamanlarda neşesi yerine geldi ama özünde çok hassas, kırılgan ve bahtsız bir insan."

"Çok gülüyorsun ya, çok ağlamazsın inşallah."

"Keşke bu coşkulu halin hep devam etse ama hayat inişlerle ve çıkışlarla dolu maalesef..."

"Fazla kaptırma kendini, sonra yine duvara toslarsın."

"Çok iyi kalplisin sen, çabuk üzülürsün."

"İyilere mutluluk haram, kötülerin dünyası..."

"Aklın şeytanlığa çalışmaz senin, saf sevgi de karın doyurmaz. Geçmiş olsun."

"Aptallık etme, gözünü aç, faka basma..."

Bütün bunlar ne kadar da iyi niyetle söylenmiş cümleler gibi görünseler de temelinde olumsuz ve karamsarlıklarla doludur. Bu söylemleri işitmeye devam ettikçe, zihnini, kalbini ve dilini olumsuz düşüncelerden korumakta zorlanabilirsin. Tohumlar yine bir bir içine ekiliyor olacaktır. Bu yüzden, az önce de söylediğim gibi çevreni değiştirmen çok ama çok önemli...

Hayır, korkma!

Hepsinin üstesinden nasıl geleceğini anlatıyor olacağım. Yine de kabul etmek gerekiyor ki, arkadaşlarının ve etrafındaki bütün insanların sadece seninle ilgili değil, genel olarak sahip oldukları yaşam enerjilerinin kalitesi, ister istemez senin yaşam enerjini de fazlasıyla etkiliyor.

Ben Ney'im adlı ilk kitabımda bir uygulama vardı. Yeri gelmişken küçük bir hatırlatma yapmak isterim. Sıkça görüştüğümüz 6 kişinin, hayat enerjimizi belirlediğini anlatmıştım ve küçük bir alıştırma vermiştim.

Eğer şimdiye kadar yapmadıysan, hemen yapalım derim. Çünkü tam sırası...

Sıklıkla görüştüğün 6 kişinin isimlerini bir kâğıda alt alta sırala ve isimlerinin yanına hayat enerjilerinin notlarını ver. 1 ile 10 arasında bir puanlama yap. 10 puan enerjisi mükemmel demek, 1 puansa oldukça kötü ve karamsar bir enerji demek... Buna göre ismini yazdığın 6 kişiyi kendince değerlendir ve enerjilerini puanla.

Sonra sayıları topla ve altıya böl. Elde ettiğin sonuç, senin hayat enerjinin değeridir.

Bu çalışmayı uyguladığım her danışanım, hem büyük şaşkınlıklar yaşadılar hem de değerli farkındalıklar edindiler. Çünkü kimse çevrelerindeki insanların enerjilerinin, kendi hayatları üzerinde bu kadar etkili olabileceğini tahmin dahi etmiyordu.

Çocukluğumdan kalan eski bir hikâyeyi anlatmak isterim sana:

"Bana arkadaşını söyle sana kim olduğunu söyleyeyim."

Her yıl düzenlenen "En İyi Buğday Yarışması"nı yine yıllardır olduğu gibi aynı çiftçi kazanmış. Köylüler bu sonuca iyice alışmışlar artık ama bir şeyi çok merak ediyorlarmış. Bu yüzden çiftçiye gidip işin sırrının ne olduğunu sormuşlar.

"Buğdaylarımın sırrı tohumlarımı komşularımla paylaşmamda" demiş çiftçi.

"Nasıl yani?" demiş köylüler. "Sen elindeki tohumları rakiplerine mi dağıtıyorsun yani? İyi ama bunu neden yapasın ki?"

"Neden olmasın?" demiş çiftçi. "Sizin bilmediğiniz bir şey var. Esen rüzgâr, olgunlaşmakta olan buğdaydan poleni alır ve tarladan tarlaya taşır. Bu nedenle, komşularımın kötü buğday yetiştirmesi demek, benim ürünümün de değerini düşürür. Eğer en iyi buğdayı yetiştirmek istiyorsam, komşularımın da iyi buğdaylar yetiştirmesine yardımcı olmam gerekir."

O halde sen de kendine dönüp düşün bakalım.

Etrafını iyileştirmek için kendinde neyi onarmak isterdin?

Kendi kişisel devrimini başlatacak en değerli sorulardan biridir bu.

Cevaplamak için acele etme lütfen.

Bizim kültürümüzde nesillerdir aktarılan bir söz vardır: ***"Bana arkadaşını söyle sana kim olduğunu söyleyeyim."***

Bence kulak vermemiz gereken uyarıcı bir cümle bu. Atalarımız, çevrenin ne kadar önemli olduğunun altını çizmişler. Eş, dost, arkadaş etkisinin önemine dikkat çekmişler.

Yıllardır verdiğim bireysel görüşmelerimde danışanlarıma hep bu noktada ciddi uyarılarda bulunmuşumdur. "Ben sana işine yarayacak işlevsel önerilerde bulunabilirim, uygulamalar verebilirim, hayatında yeni başlangıçlar yapabilir, her şeyi yeniden inşa edebilirsin" demişimdir. "Lakin bir nokta var ki ıskaladığında inşa ettiğin bütün kıymetli güzellikler yerle bir olabilir. *Emeğine saygı duymayan, enerjini aşağı çeken, sana sürekli olumsuzluklar aşılayan, zihnine ve kalbine kötümser tohumlar ekenler, seni bu güzel yoldan alıkoyabilirler.* Etrafında enerjini düşüren insanlar varsa, değişim sürecini zora sokabilirler. Farkında bile olmadan enerjin sömürülebilir. Bu yüzden hazırlıklı olman, önlemlerini alman çok önemli... Aksi halde başladığın noktaya geri dönersin."

Kendini yeniden inşa ederken etrafındakileri de baştan tasarlamalısın. Enerjini aşağı çekenlerle temasını kesmeli ya da azaltmalısın. Seni olumsuz etkilediğini düşündüğün kişilerden tamamen uzaklaşamıyorsan, hamlelerine karşı hazırlıklı olmalı ve kendine olumsuz enerjileri bertaraf eden bir enerji kalkanı hazırlamalısın.

Kimsenin karamsarlığı sana sirayet edememeli. Bunun yerine etrafındakileri daha yapıcı, pozitif, enerjik, olumlu düşünen, aktif, canlı, coşkulu insanlardan seçmelisin.

Belki şimdi şöyle söylüyorsundur: "Ne güzel anlatıyorsunuz ama böylesi insanları nereden bulacağız, imkânsız?"

Hayır... İmkânsız değil...

Gayet mümkün...

Sen samimi bir şekilde değişmeye başladığında, coşku dolu insanlar yaydığın enerjiye çekiliyor olacaklar.

Bunun için öncelikle niyet etmelisin. Coşku dolu, pozitif insanlarla buluşmaya niyet edip dua ederek işe koyulmalısın. Odağında, bu tür insanların buluşma noktaları olmalı. Mesela olumlu düşüncelerin paylaşıldığı seminerlere, ya da imza günlerine sıklıkla gitmelisin. Çünkü bu tür gruplarla buluşan insanlar genelde olumlu düşünmeye, pozitif olmaya ve gelişmeye önem veren, bunun için zaman ayıran, çaba gösteren insanlardır. Yaydığın frekansa karşılık gelen insanlarla tanışmalı, onlarla sohbet etmelisin. İnternet ve teknoloji sayesinde, uzak yerlerdeki insanlar bile birbirlerine ulaşabiliyor, iletişim kurabiliyorlar. İnterneti bir ilim arkadaşlığı ya da sufi dostluğu kurmak amacıyla kullanabilirsin.

Sufi Akademi

Sufi Akademi'yi kurma sebebim de buydu zaten. Olumlu düşünen, hayata güzel bakan ve sufi düşüncesini benimsemek ve ruhani yolculuğunda ilerlemek isteyen insanlarla buluşabilmeyi diledim. Çünkü bu amaçtaki insanlar maalesef çok değiller. Olanları da bir araya getirmek istedim. Hem birlikte yeni öğretiler, yeni fikirler, yeni ilimler üzerinde çalışmak hem de aynı frekanstaki güzel insanların birbirini tanımasına aracı olmak niyetindeydim. Niyetime göre hareket ettim ve şükürler olsun güzel insanların buluşmasına vesile oluyoruz. Bir isimle başladığımız Sufi Akademi resmi olarak bir üniversite bünyesinde kuruldu ve artık Sufi Akademi olarak üniversite onaylı sertifikalı eğitimler veriyor, etkinlikler düzenleyebiliyoruz.

Her geçen gün büyümeye devam ediyoruz. Üstelik sadece Türkiye'deki dostlarımızla değil, dünyanın dört bir yanındaki sufi düşüncesine merak sarmış insanlara da ulaşabiliyor, bir araya gelip sohbetler edebiliyoruz. Geçtiğimiz aylarda Almanya'da verdiğim seminere sadece Almanya'dan değil Hollanda'dan, Avusturya'dan, Belçika'dan ve İngiltere'den dostlar da katıldılar. Yakaladığımız enerjiyi, yaşadığımız atmosferi kelimelerle izah etmek benim için çok güç...

Almanya'dan iki hafta sonra Belçika'da yeni bir seminerde yine dünyanın dört bir yanından katılımcıyla bir araya gelerek, değerli dostluklar kurduk, paylaşımlar yaptık. Hemen ardından Hollanda'da toplandık. Katılımcılar arasında da kuvvetli bağlar oluşmaya başladı. Haftada bir kahve sohbetinde buluşup kendi aralarında konuşmalar ve çalışmalar yapmaya başladılar. Sadece bir kahve dahi içseler, birbirlerinin varlıklarından güç alıyor olduklarını görmek beni gururlandırıyor.

Demem o ki, çevrenin kendiliğinden değişmesini bekleme. Çorbada senin de tuzun bulunsun. İyiye ve güzel niyet ederek, yola koyul. Kendini değiştirirken, etrafındaki insanların da değişmesi için dua et ve bir adım at. Harekete geçmek, niyetin mayasıdır. Evren, harekete geçeni kucaklar ve destekler. Yaradan, çabalayanı sever, korur ve geliştirir.

Bu yüzden hiçbir şeyin kendiliğinden düzelmesini bekleme. İstediğin değişiklik için önce niyet et, sonra adım at. En uzun yolculuklar tek bir adımla başlar, bunu unutma! En güzel dua, hemen ardından harekete geçtiğimiz duadır. Bu tür dualara tasavvufta "fiili dua" denir.

Buraya senin için boş bir sayfa bırakıyorum.

Önce niyetini et.

Zihnine, kalbine ve diline olumlu sözler, olumu fikirler ek.

Niyetin için harekete geç. Ne yapacağının listesini yap ve işinin takipçisi ol.

1. Niyet et:

....
....
....
....
....
....
....
....
....
....
....

2. Niyetini harekete geçir:

....
....
....
....
....
....
....
....
....
....
....

BÜLBÜL GÜLE
KARGA ÇÖPLÜĞE GÖTÜRÜR

İnsan gördüğü şeyi var eder. Çünkü bilinçaltı, gördüğüne çabuk ikna olur. Sürekli gördüğü şeyi de bilinç düzeyinde hakikate dönüştürür. Ruhsal ve düşünsel açıdan baktığın şeye dönüşürsün bir süre sonra.

Gördüğünü var etmeye başlıyor olacaksın. Bilinç düzeyinde izlediğin şeye dönüşeceksin. Çevrenin giyim tarzı, kültürü, düşünce şekli, yaşam biçimi, vizyonu,. alışkanlıkları seni etkileyecektir. Hayata bakışını yeniden şekillendirecektir. Böylece bilincin yeniden kurgulanacak, yeni bir enerji düzeyinden yayın yapıyor olacaksındır.

"Kiminle gezdiğinize,
kiminle arkadaşlık
yaptığınıza dikkat edin.
Çünkü bülbül güle,
karga çöplüğe götürür."

Mevlana

DEĞİŞTİREMEYECEĞİMİZ İNSANLARA KARŞI NE YAPACAĞIZ?

Biliyorum...

Bir önceki bölümü okudun. Ama aklın hâlâ etrafındaki insanları değiştirmek konusuna takılıp kaldı.

"Peki ya çevremizde değiştiremeyeceğimiz insanlar varsa, onları ne yapacağız?" diye sorup duruyorsun, farkındayım.

Aile içinde, işyerinde, sosyal ortamlarda mecburen görüşmek zorunda kaldığın enerjini düşüren insanlar var. Aileni, işini, sosyal aktivitelerini değiştirmek istemiyorsun ama niyet ettiğin coşku dolu pozitif insanlarla, maalesef şimdiye kadar maruz kaldığın enerjini düşüren insanları nasıl değiş-tokuş edeceksin?

Kabul...

Bazı ilişkileri yenileriyle değiştirmek kısa vadede mümkün olmayabilir. Ayrıca değiştirsen bile, karşına hiçbir zaman enerjini düşüren insanların çıkmayacağının garantisi yok. Her an, her yerde enerjini düşüren insanlara rastlaman mümkün. İster tanıdık, ister yabancı...

Olmadık yerde birinin seni aşağı çekiyor olduğunu fark edebilirsin. Durup dururken bir başkasının sebepli ya da sebepsiz enerjinden çalıyor olduğunu fark edebilirsin.

Nasıl mı?

Mesela dış görünüşüne çok önem veriyorsun. Nerede nasıl göründüğüne özen gösteriyorsun. Biri sana karşılaştığınız bir toplulukta şunları söylüyor:

"Elbiseniz harika. Ama sizi kısa gösteriyor. Etek boyu doğru olsa, bu kadar kilolu ve kısa görünmezdiniz. Ama olsun... Siz çok güzelsiniz, önemli olan bu..."

Ne kadar zarif, kibarca, hakarete varmayan sözler ama aynı zamanda enerjiyi düşüren bir davranış.

Hakarete uğramadığın halde, saygısızlık görmediğin halde kendini kötü hissetmeye başladın. Kısa boylu göründüğünü düşündürdü sana.

Enerjinin aşağı çekildiğini hissettiğin anda, karşındakinden olumsuz olarak etkilenmeye başlamışsın demektir. Senden enerji çalmaya başlamıştır.

Bu durumda yapabileceğin en iyi şey, kaybettiğin enerjiye odaklanmak ve mümkünse enerji kaçağını durdurmak... Çünkü çözüm tamamen senin elinde. Karşındakinin özür dilemesini bekleyerek ya da fikrini değiştirmeye çalışarak zaman kaybetmek çok daha büyük bir enerji kaybı yaşamana neden olur. Hatta belki günün kötü geçmesine, başına zincirleme başka aksiliklerin bile gelmesine yol açabilir.

O yüzden, nerede incindiğine bak. Kısa göründün ve terledin sözleri sende enerji kaçağı yaşanmasına neden oluyor. Bu noktada kendinle yüzleş. Karşındakini beslediğini hatırla. Kendini kötü hissederek enerji vampirini kuvvetlendirdiğinin farkına var. Ona bu ayrıcalığı tanımayacağını söyle kendine. Kızgınlığa, öfkeye, yarışa, çatışmaya kapılmadan, sevgi enerjini yokla. Sevgi enerjini hatırladığın an harekete geçecektir. Seni olumsuz bir frekansta bırakmayacaktır. Enerjini düşüren insana sevgiyle, şefkatle bakmana destek olacaktır. Şunu hatırla ki:

Başkalarını acıtarak
kendini
iyi hisseden herkesin
bilinçaltı düzeyde
sevgi eksikliği vardır.

Senin enerjini düşürmeye çalışan insanın bir sevgi yoksunu olduğunu hatırladığında ona öfke duymayı da bırakırsın, ona enerjini yedirmeyi de sonlandırırsın. Sevgiyle, dostlukla onu selamlar, düşünceleri için teşekkür eder, kaldığın yerden günü yüksek sevgi enerjinle yaşamaya devam edersin.

Aile içinde ve akrabalarının arasında enerjini düşürenler varsa, onlarla içtenlikle konuşuyor olmak da etkili bir çözüm yolu olabilir. Konuşmalarına dikkat etmelerini isteyebilir, bunun senin açından incitici ya da zorlayıcı olduğunu ifade edebilirsin. Canının sıkılmasından hoşlanmadığını anlatabilirsin.

Eğer konuşma olanağın yoksa ya da her konuşma bir şekilde tartışmaya dönüşüyorsa ona mektup yazmayı deneyebilirsin. Bir danışanıma bu konuda tavsiye vermiştim ve babasına bir mektup yazarak duygularını anlatmıştı. Yıllardır çözemedikleri sorunu bu mektup sonrası çözdüğünü anlatmıştı bana.

Her şeye rağmen yaptıkları olumsuzluğa devam ediyorlarsa o halde onlara karşı da az önceki tekniği uygulayarak sevgi enerjini hatırla, ona dokun ve biricik akrabalarının bilinçaltı düzeyde bir sevgi yoksunluğu yaşadıklarını kabul ederek onlara sevgi ve merhamet göster. Böylece öfkelenmekten özgürleş, enerjini korumaya al.

***

Ne Verirsen Onu Alırsın Bu Hayatta

Zamanın birinde kendi halinde yaşayan mütevazı bir ev kadını varmış. Kocası zengin değilmiş ama ailesine karşı sorumluluklarını yerine getirmeye gayret eden bir adammış. Gelinin kayınvalidesi de bu çiftle aynı evde yaşıyormuş.

Kadın, zaman içinde kayınvalidesiyle pek de geçinemez olmuş. Sürekli kavga etmeye başlamışlar. Evliliği de giderek cehenneme dönmüş. Ne huzur kalmış, ne mutluluk... Komşular da gelin ve kayınvalide arasındaki hoşnutsuzluktan haberdar olmuşlar. Kadın, bu huzursuzluğun iyi bir sona varmayacağını düşünmeye başlamış. Bir çözüm yolu bulabilmek umuduyla akrabalarının kapısını çalmış. Kadının derdini dinleyen akrabaları onu alıp bir aktara götürmüşler. Aktar, bölgenin en akıllı, en sorun çözücü bilgesiymiş... Kadına yardımcı olabileceğini düşündükleri için çalmışlar kapısını.

Aktar kadını dinledikten sonra "Çözüm belli" demiş. "Kayınvalideni ortadan kaldıracaksın. Ancak şüphe çekmemek için dikkatli olman gerekir."

Çeşitli bitkilerle hazırladığı bir karışımı kadına vermiş. Bu iksiri üç ay boyunca kayınvalidesinin yemeklerine azar azar katmasını istemiş ve "Bu üç ay içinde kayınvalidene karşı sert ve kırıcı olmamaya gayret et" demiş. "Herkes aranızın iyi olduğunu düşünsün. Böylece kimse senden şüphe etmez."

Kadın aktardan aldığı karışımı çantasına koyup dönmüş evine. Talimatları adım adım uygulamaya başlamış. Kayınvalidesine karşı anlayışlı ve hoşgörülü davranmaya özen göstermiş. Ona sevdiği yemekler hazırlamış, tatlı ikramlarda bulunmuş. Karışımı da azar azar yemeklere katmış.

Gelininin yakın ilgisi kayınvalidenin dikkatini çekmiş. Aralarındaki ilişkinin olumlu yönde değişmesinden çok hoşlanmış. Buna karşılık o da gelinine iyi davranmaya başlamış. Zamanla gelinini kızı gibi görür olmuş. Aralarından su sızmaz olmuş. Böylece evin huzuru da yerine gelmiş. Herkesin keyfi yerindeymiş.

Kadın, bir zaman sonra kayınvalidesinin yemeklerine kattığı karışım yüzünden kendini suçlamaya başlamış, pişmanlık duymuş. Kayınvalidesinin aslında kötü bir kadın olmadığını düşünüyormuş artık. Onun ölümüne yol açacağını düşünmek içini acıtmış. Sonunda soluğu aktarın yanında almış yine...

"Bana bir panzehir yap lütfen" demiş. "Kayınvalidemin içtiği karışım yüzünden ölmesini istemiyorum."

Aktar gülmeye başlamış kadının isteğini duyunca. "Merak etme" demiş. "Kayınvaliden ölmeyecek. Sana verdiğim karışımın içinde kuvvet veren bitkilerin özleri var. Öldürücü hiçbir şey yok. Asıl zehir, ikinizin kafasındaydı. Sen ona iyi davrandıkça zehir dağıldı ve yerini sevgiye bıraktı. Artık huzur içinde evine dönebilirsin."

Unutma ki, ne verirsen onu alırsın bu hayatta.

Verdiğin seninle gelir. Sende olan yine sana yansır. Dışarıda değiştirebileceğin hiçbir şey yok. İnsan sadece ve ancak kendini inşa edebilir.

Değiştiremediğin her şey sınavındır.

Her şeyi yapmana rağmen değiştiremediklerin karşısında sorumluluk almaktan kaçınma. Bil ki o noktada bütün sınav seninle ilgilidir. ***Yaradan, senin kendini onarabiliyor olmanı görmek istiyordur. Bu değişimi hak edip etmediğini sınıyordur.***

Yeryüzünde bir ağacın yaprağının rüzgârda hareket ediyor olması bile tesadüfe bırakılmamışsa, sonsuz bir iradenin kontrolü altındaysa, değiştiremediğin insanlar da ilahi planın bir parçasıdır, bunu unutma.

Sevgi ve coşku enerjisini, senden enerji çalmaya çalışan insanlara karşı bile bonkörce verebiliyorsan, gönlünün zenginliği almadan vermeye yetebiliyorsa, değişimi hak edersin.

Her şeyin bir sebebi vardır. Elinden geleni yaptığın halde hiçbir şeyi değiştiremiyorsan, mutlaka kendin değişiyorsundur. Gönlün zenginleşiyordur. Sabrı öğreniyorsundur. Sevgi yoksunluğu çeken ve sana zarar veren insanlara bile gönlünü açabilecek kadar güveniyorsundur Yaradan'a. *Çünkü emniyette olduğunu biliyorsundur. Korunduğunun, kollandığın farkındasındır.*

Dilerim, olumsuz insanların sana yaşatacağı sınavlardan zenginleşmiş çıkarsın. Bunun için gönül kapıların açık olsun, sevgi ve coşku frekansının kuvvetli olduğuna inan, kâfi...

Yaşadığımız zorluklara karşı şükürlü duruşumuz devam ederse, mutlaka her zorun sonunda bir ferahlık olur. Çünkü bu her daim hep böyle olmuştur. Zorluklar olgunlaştırır ve kemale erdirir. Ve sonunda hep bir güzellik, hep bir iyilik olur.

İstediği gerçekleştiğinde herkes şükreder. Allah'ı gönülden sevenlerse, dileği gerçekleşmediğinde bile şükredebilenlerdir. *"Verirse yüceliğidir, vermezse imtihanımdır" diyebilenlerdir.*

Unutmayın:

Kimilerine kısmetin güzel tarafı, kimilerine de imtihan tarafı düşer.

Ve her imtihanın sonu elbet mutlu biter.

BAŞKALARININ OLUMSUZ YÜKLERİNİ TAŞIMA!

Kadın telaşla taksiye bindi ve havaalanına gitmek istediğini söyledi şoföre. Şoför hareket etti ve sağ şeritten ilerlemeye başladı. Birkaç kilometre sonra park halindeki siyah bir araç aniden hareket etti ve hızla önlerine çıkıverdi.

Taksi şoförü bu beklenmedik hamle karşısında önce panikledi, sonra direksiyonu sola kırarak frene bastı. Diğer şeritteki araçlarla çarpışmaktan kıl payı farkla kurtulmuştu. Siyah arabanın şoförü hem suçlu hem güçlü bir tavırla aracın camını açtı ve başını dışarı çıkararak bağırmaya, ağza alınmayacak küfürler savurmaya başladı.

Taksinin şoförü gayet sakindi. O da camını açtı ve başını çıkardı. Elini kaldırıp siyah aracın şoförünü selamlayarak gülümsedi.

Kadın bütün bu olan biteni şaşkınlık içinde izliyordu. Hem çok korkmuştu, hem neler olduğunun farkında değildi.

"Adam bizi neredeyse yoldan fırlatıp atıyordu. Çok büyük bir kaza olabilirdi. Ölebilirdik" dedi kadın. "Siz adama el sallayıp selam mı veriyorsunuz şimdi? Neden böyle davranıyorsunuz?"

Taksinin şoförü bu kez kadına bakarak gülümsedi ve "Çöp kamyonu kanunu bu hanımefendi" dedi.

"Çöp kamyonu kanunu mu?"

"Aynen" dedi taksinin şoförü. "İnsanların çoğu çöp kamyonu gibidir. İçleri çöp dolu bir halde dolaşıyorlar etrafta. Kızgınlık, öfke, hayal kırıklığı, hırs, kin, kavga ve küskünlük biriktiriyorlar içlerinde. Her an kavga halindeler. İçleri savaş alanı gibi... Ancak içleri fazla dolunca biriktirdikleri çöpleri bırakabilecekleri bir yere ihtiyaç duyuyorlar. Bu bazen ben olurum, bazen siz olursunuz, bazen başkaları... Kişisel olarak algılamayın. Sadece gülümseyin, onlar için iyi şeyler temenni edin ve yolunuza devam edin. Onların çöpünü alıp işyerinize, evinize veya başka insanlara dağıtmayın."

***

Her Karşılaşmanın Öğrettiği Bir Ders Vardır

Başarılı insanlar, çöp kamyonlarının günlerini mahvetmesine izin vermezler. *Başkalarının içlerinde biriktirdiği öfkenin, kinin, nefretin, hırsın ve kötücül duyguların hamalı olmazlar.*

Bu konuda bilinçli ve farkındalıklı bir tutum sergileyebiliyor olmak çok önemli...

İnsanlar karşımıza mutlaka bir sebepten dolayı çıkarlar. Bazen bir şey öğretirler, bazen bizi bir yere götürürler.

Karşımıza çıkan olumsuz insanlar da manevi yolculuk planın bir parçası olduğundan dolayı, bunlara kötü bir tesadüf ya da yersiz bir karşılaşma diyemeyiz.

Her karşılaşmanın mutlaka bir sebebi vardır.

Karşılaşmaların yaşattığı deneyimler birbirine çok benziyor olabilir. Bu da ister istemez "Neden sürekli olarak karşıma aynı insanlar çıkıyor?" sorusunu sordurabilir.

Bu sorunun üzerinde durmamız gerekecek. Çünkü cevabını veremediğimiz sürece, aynı deneyimleri tekrarlayıp durmaya devam ederiz.

O halde soruyu bir kez daha karşımıza alıp düşünelim:

"Neden sürekli aynı insanlar karşıma çıkıyor?"

NEDEN SÜREKLİ AYNI İNSANLAR KARŞIMA ÇIKIYOR?

Bir bilge der ki: "Neyseniz onu çekersiniz, ne isterseniz değil!"

Bir düşün bakalım...

Başlangıçta hayatına giren o insanın aslında farklı olduğunu düşünüyordun. Fakat sonra her ne oluyorsa zaman içinde o da diğerlerine dönüşüyor ve seni beklediğin sona götürüyor.

Buradaki anahtar kelimeler "senin davranışların" olabilir mi?

Sen fazlasıyla *karşı tarafa vazgeçilmez olduğunu hissettirdiğin* için giderek umursanmaz oluyor olabilir misin?

"Hayır" demeyi başaramadığın için *sınırların ihlal ediliyor* olabilir mi?

Yaşanılan her olay sonrası kendini suçluyor ve karşındaki insanın gözünde kişiliğini *değersizleştiriyor* olabilir misin?

Bu soruların cevaplarına çok önem veriyorum çünkü soruna başka bir pencereden bakmanın yolunu açmak sağlıklı sonuca ulaşmamızı sağlayacaktır.

Özsaygısını yitiren insanlar, hayatlarında düzen, huzur ve mutluluğu nasıl oluşturabilir? Kendini haksız yere suçlamak, bir yerde kendini onaylamamak, küçük görmek ve önemsememektir.

Kendini onaylamayan, kendine karşı hoşgörülü, affedici, toleranslı, sevgi dolu ve anlayışlı olamayan biri, doğal olarak sürekli kendini suçluyor olacaktır. Kendini suçlamak öfke, nefret, hırs ve karamsarlık hislerini besleyerek çoğaltacaktır. Suçluluk hissi, tek başına bir hayatı karartmaya yetecek kadar kuvvetli bir yanılsama.

Kendine karşı barışçıl ol!

Kendine karşı barışçıl olmak zorundasın. Kendindeki hatayı görüp düzeltmek başka şey, kendini suçlayıp küçümseyerek köreltmek başka... İkisi dışarıdan bakıldığında birbirine benziyor gibi görünse de iki ayrı konudur.

Herkesin hataları vardır. Yanlış seçimler, yanlış tutumlar, yanlış sözler, yanlış tepkiler söz konusu olabilir... Bunları görüp sağduyuyla değiştirmeyi seçmek de pozitif bir hamledir. Fakat kendini suçlamak, küçümsemek, aşağılamak, köreltici, yıpratıcı, olumsuz bir tepkidir.

Başkalarına karşı kolayca affedici olabildiğin halde kendine karşı neden bu kadar acımasız ve katı olduğunu düşün. Kendini neden sevmiyorsun? Sen de hata yapabilir ve bu hatayı sevgiyle düzeltebilirsin...

"Başkalarını kolayca affederken, kendine neden bu kadar katısın? Başkalarına bu kadar fedakârken, kendini karşı neden bu kadar umursamazsın?"

Hayatına Nasıl Bir İnsan İstiyorsun?

Danışanlarımla çalışmayı çok sevdiğim bir uygulamam vardır. İsmi: "Nasıl birini istiyorsun?"

Boş bir kâğıt alıp ön yüzüne nasıl birini aradıklarını açıkça yazmalarını istiyorum. Hem de en ince ayrıntısına kadar.

Bunu keyifle, eğlenerek, heyecanla ve coşkuyla yaptıklarından emin olabilirsin. Fakat sonra kâğıdın arka yüzünü çevirince onlara başka bir soru daha soruyorum.

"*Tarif ettiğiniz bu kişi, sizce nasıl biriyle birlikte olmak ister?* Şimdi bunu yazın..."

İşte o vakit, işin rengi değişir. Hakikatler ister istemez ortaya dökülür. Herkes gerçeklikle yüzleşmek zorunda kalır.

Çünkü her kimi bekliyorsan, önce o kişi olabilmelisin. Eğlenceli birine talipsen sen de eğlenmeyi biliyor olmalısın, güler yüzlü birini istiyorsan senin de yüzün gülüyor olmalı, özgüvenli birini arzuluyorsan senin özgüvenin tam olmalı, açıksözlü birini istiyorsan, kendin açıkça her şeyi ifade edebiliyor olmalısın.

"Kural basit:

Benzer, benzeri çeker.

Hepsi bu..."

Mükemmel Kadını Arayan Adam

Yaşlı adam, arkadaşıyla sohbet ediyordu. Arkadaşı ona, "Bu yaşa kadar niçin hiç evlenmedin?" diye sordu. Adam da, "Mükemmel kadını arıyordum" dedi. Arkadaşı, "Ee koskoca dünyada mükemmel kadını bulamadın mı" diye sordu. O da cevaben, "Bir keresinde Hindistan ziyaretimde, çok güzel bir kadınla karşılaşmıştım ama kültürlü biri değildi. Onunla konuşacak çok şeyim yoktu. Daha sonra Japonya'da çok kültürlü, saatlerce sohbet edebileceğim bir kadınla tanıştım ama o da güzel değildi" dedi. Arkadaşı, "Ee yani mükemmel kadını bulamadın mı?" diye sordu. "Buldum buldum" dedi yaşlı adam. "İtalya'da hem çok kültürlü hem de çok güzel bir kadınla tanıştım." Arkadaşı merakla, "Ee ne oldu peki, onunla niye evlenmedin?" diye sordu. "Çünkü o da mükemmel erkeği arıyordu" dedi yaşlı adam.

Benzer Benzeri Çeker

Madem her şey bu kadar kolay, madem benzer benzeri çekiyor o halde stratejimiz belli değil mi? Ne yapacağımızı biliyor olmalıyız...

Hemen şimdi ilişkine bak ve hangi benzerliğin hangi benzerlikleri oluşturduğunu keşfet.

Nasıl mı?

Mesela, ilişkinin içinde kararlarını özgürce verebiliyor musun?

Kolayca "hayır" diyebiliyor musun?

İsteklerini açıkça ve yeterince ifade edebiliyor musun?

Yeterince özgüvenli misin?

Sorunlara karşı yaklaşımın pozitif mi?

Hiçbirini tam anlamıyla yapamıyorsan ilişki ilk günkü yüksek enerjisinden irtifa kaybetmeye başlamış demektir. Enerjiyi değiştirip derhal akışı ters yöne nasıl çevireceğini de biliyorsun artık.

Peki bütün bunları yeterince yapmaya başladığında yaşadığın ilişki neye dönüşecek?

Elbette iki ihtimal var.

Ya ilişki yaşadığın insan değişecektir ya da daha hayırlı biri karşına çıkacağı için hayatından gidecektir.

Unutma burada sadece sevgili ilişkisinden bahsetmiyorum, hayat içindeki her türlü ilişkide bu kurallar geçerlidir.

Buraya boş bir sayfa bırakıyorum ve senden nasıl bir hayat arkadaşına sahip olmak istediğini özgürce, açıkça yazmanı istiyorum.

....
....
....
....
....
....
....
....
....
....
....
....
....
....
....
....
....
....
....
....
....
....
....
....
....

Şimdi bir boş sayfan daha var... Buraya da lütfen az önce özelliklerini sıraladığın hayat arkadaşının nasıl biriyle birlikte olmak isteyeceğinin listesini yap.

....

....

....

....

....

....

....

....

....

....

....

....

....

....

....

....

....

....

....

....

....

....

....

....

....

....

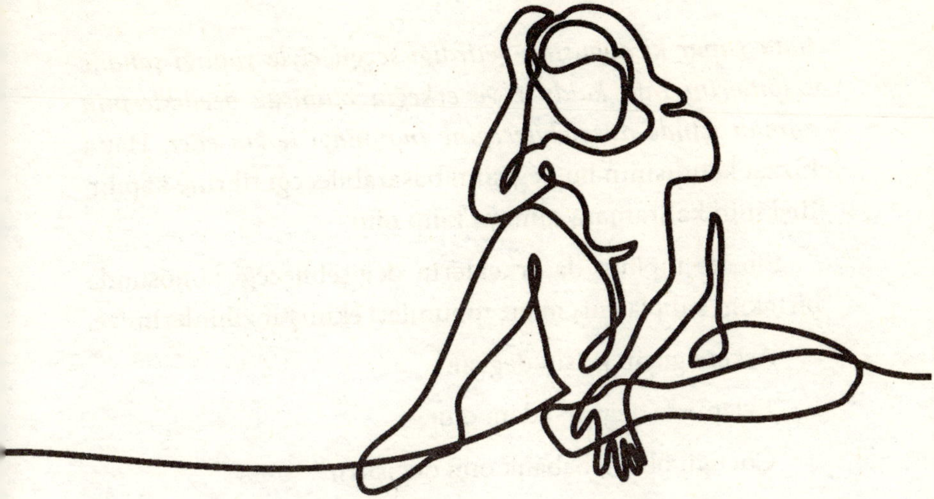

İLİŞKİLERİ BİTİREN 6 HATA

Bu konu önemli... Çünkü ilişkilerde çoğu zaman değişmeyen, kendini tekrar edip duran birtakım hatalar yapılıyor. *Giderek kronikleşen bu hatalar, bir ilişkinin neden oluyor ve yeni bir ilişkide sanki daha önce hiç deneyimlenmemiş gibi yeniden kendini tekrar ediyor.*

Bu bölümü iyi okumanı tavsiye ederim. Çünkü ilişki içinde yapılmaması gereken büyük ve bariz hataların altını çiziyor olacağım. Bu konu doğru anlaşılmadığı takdirde doğru insanı bulmuş olmak bile bir şey ifade etmeyecek, çünkü kronik hatalar, doğru insanı tozlu hatıraların arasına çoktan gömmüş olacak.

Hata 1: Erkeğin değişeceğini düşünmek

Kadınlar ilişkinin ilk dönemlerinde aslında erkeğin pek çok olumsuz özelliklerini görür ve saptar. *Ancak öyle bir hata yapar ki doğuştan getirdiği sezgileriyle yaptığı şahane tespitlerini rafa kaldırır ve erkeğin olumsuz özelliklerinin zaman içinde düzelebileceğine inanmayı tercih eder.* Hatta bizzat kendisinin bu değişimi başarabileceği fikrine kapılır. İlişkinin kahramanı olmaya talip olur.

Elbette toplum da erkeklerin değişebileceği konusunda birtakım kalıplaşmış inanç tohumları ekmiştir zihinlerimize.

"Askere gitsin gelsin değişir."

"Evlenince değişir, adam olur."

"Çocuğu olsun, babalık onu değiştirir."

Toplumsal öngörüler zaman içinde psikologların, sosyologların, ilişki koçlarının hatta kadın dergilerinin ve blogger'ların da ilgi alanına dahil oldu ve konuyla ilgili binlerce makale yazılıp çizildi. Ayrıca arama motorunda erkeklerle ilgili en çok arama yapılan başlıklar hangileri biliyor musun?

Hemen yazayım:

Çapkın erkek değişir mi?

Erkek evlenince değişir mi?

Erkek nişanlanınca değişir mi?

Erkek askere gidince değişir mi?

Bu soruların cevaplarına hâkimim... Hazırsan açıklamak isterim.

İşin doğrusu erkek kendisi istemediği sürece sen ne yaparsan yap katiyen değişmez. Değişen erkek, zaten olduğu halinden memnun olmayıp başka bir hali gönüllü yaşamayı seçmiştir.

Üzgünüm ama gerçek bu...

Kadın, erkeği değiştiremez. Ancak gelişmesine yardımcı olur.

Bu yüzden birini değiştirebileceğin inancıyla yola çıkma. Kötü huylarına rağmen onunla bu yolda devam edip edemeyeceğini kendine sor ve verdiğin cevaba göre rotanı belirle. Onu değiştiremeyeceğini bildiğin huylarıyla yaşamaya var mısın yok musun?

Erkeklerin değişimi, gelişimle ilgilidir. Aslında bakarsak bu insanın gelişim sürecidir zaten. Kimse dünkü haline benzemez. Dünün deneyimi sayesinde yarın yepyeni bir insan olarak hayata yeniden doğar, yaşama karışır gideriz.

Bu yüzden konuya erkeklerin değişme potansiyeli demek yerine, gelişim potansiyeli diyerek bakalım.

Eğer bir erkek hata yaptığında, hatasını görüp kabul ediyorsa ve aynı hatayı iki kez yapmıyorsa, şahane. Gelişmeye açık, mükemmel bir erkek... Lakin hatasını kabullenmediği halde tekrarlamaktan kaçınmıyorsa durum zor. Dikkatli ve tedbirli olmakta fayda var.

Hatasını anlayıp özür diliyor fakat aynı hatayı tekrar yapıyorsa, açıkçası bu da hiç iyi değil. Tehlike çanları çalıyor demektir.

Hatalar insana mahsustur. Hatalar her zaman olabilir, olmaya devam edecektir de. Ancak aynı hatayı iki kere yapmak üzerinde durulması gereken bir problemdir. İlişkinin geleceği açısından tehlikelidir.

Hata yapmaktan korkma, aynı hatayı iki kere yapmaktan kork.

Hata 2: Ailelerle evlenmek

İlişkilerin yıpranmasına neden olan en büyük hatalardan biri de kadın ve erkeğin iki taraflı birlikteliklerine ailelerini de ortak etmeleridir. Bir anlamda nikâh masasına ailelerle birlikte oturmak, kadını ve erkeği birbirinden uzaklaştırabilir.

Toplumumuzda özellikle erkek çocuk annelerinin, oğullarına fazla düşkün olduklarını sanırım kabul etmek zorundayız. Oğullarına gelin beğenmekte hayli zorlanıyorlar. İki kişi arasındaki bağa ortak olabilecekleri yolunda güçlü bir inanca sahipler. Oğullarından ziyade kendi kriterlerine uygun eşler seçme gayreti içindeler. Nitekim çoğu zaman bunun tersi olur. Hiç istemedikleri bir kızla evlenir oğulları... Hal böyle olunca anneler iyi niyetle de olsa gelinlerine çokça karışmaya başlarlar. Ya sıkıntılarını doğrudan geline söylerler ya da oğulları aracılığıyla geline iletirler.

Eşlerin ilişkilerine aile fertlerinin dahil olması, ilişkinin yaralanmasına ve zaman içinde yıpranmasına neden olur. Kadın ve erkek gerçek bir aile olamaz. Çünkü aile olmak kararları birlikte almakla mümkündür. Elbette büyüklerden fikir almakta sakınca yoktur ama yanlış bile olsa karıkoca kendilerini ilgilendiren konularda özgürce hareket edebilmelidir. Günahı da sevabı da birlikte göğüsleyebilmelidirler. Aileler sadece güzel anlarla inşa edilmez, zorlukları birlikte göğüsleyerek de tamamlanır, büyür ve gelişir.

Bu yüzden kadın ve erkeğin kendi ailelerinden özgürleşmesi çok önemli... Konuyu ilişkinin başında çözmek, ileride yaşanacak hayal kırıklıklarının önüne geçebilir.

Bu tür sorunların hiç yaşanmadığı aileler de var kuşkusuz. Ancak her ihtimalin üzerinde durmak, risklerin sarsıcılığını azaltır.

Aşk bir kurum değildir, ancak aile bir kurumdur. Ve aile kendi kararlarını kendi almalı, gerektiğinde fırtınaları birlikte atlatmalıdır.

Hata 3: Ebeveyn olunca karıkoca olmayı unutmak

İlişkilerde yapılan kronik hatalardan biri de, ebeveyn olunca eşlerin karıkoca olduklarını unutması...

Çocuktan önceki coşkulu ve keyifli sürece geri dönmek için hiç emek harcamamaları, anne babalığa kendilerini kaptırıp sevgililikten uzaklaşmaları ne yazık ki ilişkilerinin körelmesine ve soğumasına neden olur.

Birbirlerini kadın ve erkek olmak yerine evladının annesi ya da babası olarak konumlandırmayı tercih ederler.

Bu algının oluşmasına engel olmak için biraz çaba göstermek lazımdır. *Çiftlerin çocuksuz vakit geçirmenin bir yolunu bulmaları gerekir.* İhtiyaçlarını tamamen çocuğun ihtiyaç ve isteklerine göre şekillendirmek yerine daha toleranslı bir ev düzeni oluşturmayı tercih etmeliler. Eşlerin birbirine karşı hevesli ve istekli kalmaları çok değerli...

Evliliğin uzun ömürlü ve sağlıklı olabilmesi için eşlerin çocuksuz zamanlara da gereksinimi var. Anne baba rolüne verdikleri önemi, karıkoca ilişkisine karşı da göstermeliler.

Hata 4: Zihin okuma çabası

Karşındakinin seni anlamasını bekleme... Kimse medyum değil. Özellikle de erkekler... Bir erkeğin bir kadının içsesini işitmesi, olağandışı bir beklenti...

Herkesin başka ailelerin içinde, başka kültürlerde yetişmiş olduğunu hatırlarsak daha toleranslı, daha anlayışlı ve hoşgörülü oluruz.

Sana "güzel" diye öğretilen, ona "yanlış" diye öğretilmiş olabilir. Sana "fedakârlık" diye öğretilen, ona "anlamsız" diye öğretilmiş olabilir. Çiçek vermeyi nezaket olarak gören erkekler kadar kılıbıklık olarak görenler de olabilir. Bulaşık yıkamayı sempatik bulan erkekler kadar, itici bulan erkekler de olabilir. Kadına kapı açması gerektiğini bilmeyen de olabilir, beceremeyeceğini düşünen de... Kadının sözünü kesmemesi gerektiğini düşünenler de olabilir, zaten az konuştuğunu düşünenler de, nazik olmaya çalışırken komikleşenler de olabilir, konuşacak konu bulamadığı için futboldan söz etmek isteyenler de... Ne yapacağını bilemeyen, bildiğini uygulayamayan, uygularken şaşıran da olabilir...

Kadının, istediklerini söylemeden erkeğin anlamasını beklemesi, ilişkinin gidişatını ne yazık ki zorlar. Kadının erkekten nezaket, zarafet, incelik, hediye, sürpriz, iltifat, kompliman, jest beklentisi içinde olması, erkeğin bu beklentilerin hiçbirinin farkına bile varamaması iki kişi arasındaki görünmez gerilimi tırmandırabilir. Kadın beklentisini söylemedikçe, erkek de beklentilerin farkına varmadıkça işler zamanla karmaşıklaşır.

Bakış açıları, fikirler ve görüşler sonsuzdur, üstelik çok açılıdır. Herkesin bir potada, ortak paydada buluşması mümkün değil. ***Hem yaşamı anlamlı kılan şey de kimsenin diğerine hiç benzemiyor olması değil mi?*** **Başkalıklar cenneti içinde sonsuz bir serüven yaşamıyor muyuz?** ***Kendimize bile fazlasıyla yabancıyken, bir yabancının yakınlığını ummak sence ne kadar akıllıca sayılabilir ki?***

Erkeklerin zihin okumak konusunda usta olmadıklarını kabul etmeli, bu konuda çok ısrarcı olmamalı, büyük beklentiler içine girmemeli. Kadının karşı koyamadığı bir beklentisi varsa bunun anlaşılmasını beklemek yerine açıkça ifade etmesi hem daha akıllıca hem daha sağlıklı olacaktır. Konuşmak bir şeyi değiştirir mi? Bilinmez... Ama özgüvenin ifade bulmuş olmasının anlamı büyük...

Hata 5: İhtiyaçlar doğrultusunda bir ilişkiye başlamak

İhtiyaçlarımız tercihlerimizi belirler. İhtiyaçlarımız değiştiğinde, tercihlerimiz de değişir. Bu yüzden bir ilişkinin temeli, ihtiyaçlara dayanmamalı. Çünkü ihtiyaçlar değişkendir.

Örneğin bir erkeğin, kız arkadaşını seçme nedenlerinden biri de derli toplu olması diyelim. Kız arkadaşının evi temizlemesinden, alışveriş yapmasından, düzen kurmasından hayli memnun ve huzurlu. Düzenli bir hayatın içinde kendini daha güvende hissediyor. Fakat zamanla maddi durumu iyileştikçe evin temizliğiyle, alışverişiyle ilgilenecek bir yardımcı tutunca kız arkadaşına ihtiyacı kalmadığını hissederek ondan uzaklaşıyor. Böylece ilişki de yıpranıyor ve kopma noktasına geliyor.

İnsanlar çoğu zaman ihtiyaçlarını karşılamak için ilişki kurmayı tercih ederler. İhtiyaçlarını karşılayabilecekleri başka alanlar bulduklarındaysa, ilişkiye olan muhtaçlıkları azalır. Dolayısıyla ilişkiye duydukları ilgi ve güven de eksilir.

Hayır...

Hiç kimse bunu bilerek ve tasarlayarak yapmaz. Çoğu zaman kendiliğinden gelişir. İhtiyaçlar, karşılık bulduğu kanala kişiyi yöneltir.

İhtiyaç ihtimalini göz ardı etmemek önemli bir karar. Karşındaki kişiye "Beni neden seviyorsun? Hangi davranışlarım hoşuna gidiyor? Hangi davranışımı değiştirseydim üzülürdün?" sorularını yöneltmek ve cevaplarını doğru değerlendirmek ilişkinin kaderini etkiler.

Aynı soruları kendine de sor. "Onu neden seviyorum? Hangi davranışı beni mutlu ediyor? Ne yaparsa ondan ayrılırdım?"

Cevaplar, her şeyin bir pamuk ipliğine bağlı olduğunu söylüyorsa, o ilişkiye çok da adanmamak, yol yakınken temkinli kararlar almak daha sağlıklı olabilir.

Küçücük bahaneler bile birbirinizden vazgeçme sebebi olacaksa, uzun ve meşakkatli bir yolculuğa çıkmak için doğru bir çift olmayabilirsiniz.

İlişkiyi sorguluyor olmak, zaman kazandırabilir.

Unutma,
zaman değerli...
Onu kime hediye ettiğine
dikkat et.

Hata 6: Gemiyi küçük sızıntılar batırır

İlişkinin içinde maruz kaldığın ya da gözlemlediğin küçük hataları küçümseme. Sevgilinin ani ve öfkeli çıkışları, başkalarına karşı küçümseyici konuşmaları, sözüne sadık olmaması, sözlerini tutmaması, çabuk küsmeleri, yalana yatkınlığı, saygısızlığı... Bunların hiçbiri görmezden gelinecek detaylar değil. Küçük ipuçları, yaklaşmakta olan fırtınanın habercileridir. Uyanık olmakta fayda var.

Affedilebilir hatalardan söz etmiştik. Ancak affedilebilir bile olsa sürekli tekrarlanan hatalar hoş görülemez. Kaldı ki bu saydıklarım gibi hassas konularda şiddete ve tepkiye yönelik bir potansiyel hissettiren kişilere karşı çok daha tedbirli yaklaşmak gerekir.

Eskiler *"Büyük gemileri, küçük çatlaklardan sızan sular batırır"* derler.

Küçük gibi görünen sorunları ertelemek yerine, çatlağın büyümeye ne kadar elverişli olduğuna bakmak ve gerekiyorsa ilişkiyi yeniden sorgulamak güvenli bir gelecek için atılabilecek en akıllıca adım olacaktır.

Bir insanı nasıl tanıyacağınızı biliyor musunuz?

Ne okuduğuna bakın.

Ne seyrettiğine bakın.

Duvarlarına ne astığına

Raflarına ne koyduğuna

Nasıl konuştuğuna

Nasıl dinlediğine bakın.

Yapmanız gereken tek şey bakmaktır.

Bunlar size onun ruhunun nerede olduğu

Ve neyle beslendiği konusunda

her şeyi bildirir...

AŞK, İNSANOĞLUNA YARADAN TARAFINDAN BAHŞEDİLMİŞ EŞSİZ BİR DUYGU

"Gam çekmem kanımı dökse de keskin kılıcın senin
Korkum ondandır ki, kana bulanır eteğin senin."
Fuzuli

Aşk. Kimine göre var, kimine göre yok... Kimine göre tatlı, kimine göre acı... Kimine göre besleyici, kimine göre yıkıcı... Kimine göre saf, kimine göre karmaşık...

"Kalp ruha demiş ki: Ben severim, âşık olurum; ama acısını nedense hep sen çekersin. Ruh da cevap vermiş: Sen yeter ki sev!"

Şems-i Tebrizi

Bin türlü hali var aşkın insanlar için... Çünkü herkesin aşkı yaşayış, anlayış ve kabul ediş şekli farklı...

Çağımızın dile pelesenk olmuş anlamıysa bana göre çok acı:

"Aşk yalan!"

Oysa hakikat olan eşsiz deneyimlerden biridir aşk...

Yüce hakikat...

"Aşk gerçekten var mı?" diye sorgulayıp duruyor olmamızın tek nedeni, onu bir türlü anlayamayışımız, kendimize göre yorumlayışımız, istediğimiz gibi olmaya zorlayışımız ve gönül terazisinden uzakta bir yerde, yani zihinde ve mantıkta değerlendirmeye çalışmamız.

Aşk sevginin yüce hali...

İki beden arasında yaşanan değil, iki gönül arasında bağ kurandır aşk...

Yaradan'ın insan deneyimine bahşettiği kutsal deneyimlerden biridir.

Bu yüzden aşk insan bedenine, bir kadının güzelliğine, bir erkeğin gücüne indirgenemeyecek kadar derin ve anlamlıdır. Dünyevi beklentilerle, tutkularla ve ihtiraslarla tarif ettiğimiz his, aşk değildir.

Aşk, yaratılanı sevmektir yaratandan ötürü...

***

Günün birinde peygamber efendimiz Hz. Ali'ye bir soru sorar:

"Allah'ı mı çok seversin, beni mi çok seversin? Eşin Fatma'yı mı yoksa oğulların Hasan ile Hüseyin'i mi çok seversin?"

Hz. Ali hiç beklemediği bu soru karşısında bir an durup düşünür. İşin içinden çıkamayacağını anlayınca "Ya Resulullah" der. "Bana biraz müsaade edin, ben bu sualin cevabını bulamadım."

Akşam vakti evine vardığında aklında hâlâ bu soru vardır. Hz. Ali'nin eşi Hz. Fatma, kocasındaki düşünceli hali fark eder.

"Hayırdır inşallah" der. "Ne oldu böyle, neden çok düşüncelisin?"

"Peygamber efendimiz bir soru sordu bugün" diyerek konuyu açıklamaya başlar Hazreti Ali. "Kimi çok sevdiğimin cevabını veremedim ona. Düşünüp durmaktayım hâlâ..."

Hz. Fatma başını sallar. "Bu soruya cevap veremeyecek ne var ki?" der. "Allah'ı kulluğumla, Peygamber'i ümmetliğimle, Fatma'yı kocalığımla, Hasan ile Hüseyin'i babalığımla severim deseydin ya..."

Hz. Ali, karısından duyduğu bu sözlerle rahatlamıştır. Hemen ayaklanıverir ve soluğu peygamber efendimizin yanında alır. Sorunun cevabını verebileceğini söyler ve "Allah'ı kulluğumla, Peygamber'i ümmetliğimle, Fatma'yı kocalığımla, Hasan ile Hüseyin'i babalığımla severim" der.

Bunun üzerine peygamber efendimiz gülümser. "Doğru cevap, ancak biraz Fatma kokuyor" der.

***

Aşk, insanoğluna Yaradan tarafından bahşedilmiş eşsiz bir duygu... Hiç tükenmeyen, hiç tükenmeyecek olan besleyici, kuvvetlendirici ve üretken bir his...

Ne var ki aşkın varlığını kabullenmediğimizde, hem aşkı tadamıyoruz, hem dünyevi hem de uhrevi aşkı deneyimleyemiyoruz.

Şairin dediği gibi:

"Aşkı edegör başına tac,
deme mecazi
Âşık olanın gönlüne
irfan gelir elbet."

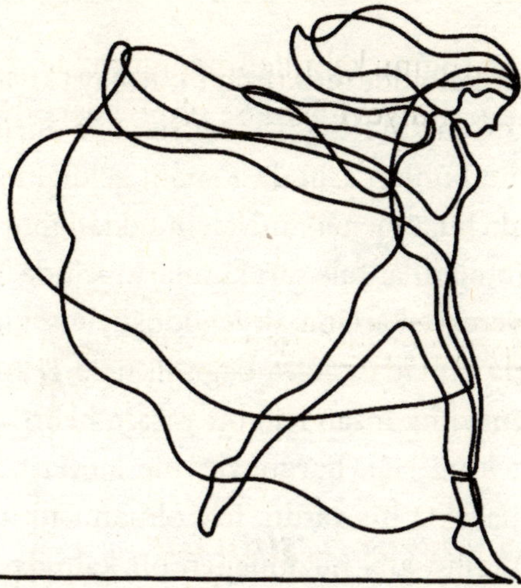

YENİYE BAŞLAMAK İÇİN ESKİYİ BİTİRMELİSİN

"Düne ait ne varsa

Dünde kaldı cancağızım

Bugün yeni şeyler söylemek lazım."

Mevlana

Biriktirmek, her zaman bir saygı ifadesi değildir. Eski anıları biriktirmek, eski eşyaları, eski mektupları, eski acıları, yaşanmışlıkları eski tazelikleriyle toplayıp durmak insana her zaman değer katmaz. Çünkü insan bazen anı biriktirerek, acı biriktirmiş olur.

Önemli olan acıyı taze tutmak değil, deneyimin içindeki dersi alıp gerisini ait olduğu zamanın toprağına gömerek yola devam edebilmek.

Evinde, zihninde ve kalbinde biriktirdiğin, atmaya kıyamadığın, unutmaktan korktuğun her şeye tarafsızca ve dürüstçe bakacak olursan bütün bunları aslında zamanı geldiğinde ya da ihtiyaç duyduğunda hüzünlenebilmek için sakladığını fark edersin. Eski mutlu fotoğraflar bile sarı kutuların içinde "Hey gidi günler hey!" diyerek efkârlanmak içgüdüsüyle saklanır. Çünkü insan farkında olmadan acıya bağımlı hale gelir. Bilinçaltındaki "acı" deneyimi, insan için bir yaşam belirtisidir. Acıyan yer canlı demektir. "Hâlâ hayattayız" mesajı verir. İğne batırdığında acıyan bacakta his vardır, felç olmamıştır, canlı ve sağlıklıdır. Tıpkı bunun gibi hüzünlenen bir kalp de hâlâ canlıdır, "Umut var" anlamı yaratır bilinçaltında.

Bu yüzden acının dozunu ayarlamak konusunda bilinçli olmanın önemini hatırlatmak isterim.

Fazla biriktirmeye başladığında, hayatında yenisine yer bırakmadığını bilmelisin.

Bu yüzden, neyi ne kadar toplayıp sakladığına dikkat et. Eski ilişkileri, eski yaşanmışlıkları hâlâ hayatında ne kadar canlı tuttuğuna bak. Belki de yenisini bir türlü başlatamamanın sebebi farkında bile olmadan tuttuğun eski enerjilerdir.

Sana yaşadığın her şeyi terk etmen gerektiğini söylemiyorum. Yaşadıklarının sana sunduğu bütün armağanları al ve geri kalan her şeyle vedalaş. Terk etmediğin her şey, sende bir yeri işgal eder ve zapt edilmiş bir yere emin ol ki yenisi gelmez.

Şunu her zaman hatırlamanı isterim:

Biten bitmiştir.

O halde vedalaşmak için cesaretini topla ki yenilerine ve daha iyilerine yer açılsın.

Biliyorum, vedaların önündeki en büyük korku yenisinin gelmeyeceği ihtimali...

Lakin bu kocaman bir yanılgı...

Unutma, evren boşluk tanımaz. Mutlaka boş yeri doldurur. Tıpkı hava gibi... Kutunun kapağını açtığında içi havayla dolacaktır. Boş kalması mümkün değil.

Sen de terk ettiğinin yerine, yenisini deneyimleyeceksin. Çünkü bunun da aksi mümkün değil.

Evrende boşluk yoktur...

Karşına yine mutlu günler, doğru insanlar, güzel deneyimler çıkmayacak diye aslında çoktan bittiğini hissettiğin bağlantılarını sonlandıramıyorsun. Özellikle ilişkilerini sonlandırdığında geri döner umuduyla kendini yıpratıcı bir beklentinin içine sokuyorsun. Bu uğurda bazen kişiliğinden ya da değerlerinden ödün veriyorsun. Doğru olmadığını sezdiğin halde terk ettiğin ilişkiye geri dönmeye razı oluyorsun.

Peki sonra ne oluyor?

Sonuç değişmiyor.

Yine aynı kısırdöngü ve yine ayrılık, yine vedalaşılamayan bir hüzün...

Kendini tekrar edip duran bu döngünün temelinde az önce de söylediğim gibi korkular yatıyor. *Ya bir daha sevemezsem, ya bir daha sevilmezsem?...*

Bu noktadaki bastırılamaz gibi görünen korkuları besleyen şeyse güvensizliktir. Ne ilahi sisteme güven kalmıştır ne de kişinin özgüveni vardır.

Güven bulamadığında kötü ve acı bile olsa eskilere dört elle sarılır insan. Bir daha neşeli ve mutlu olamayacağından korktuğu için gülüp oynadığı eski fotoğraflarını saklama ihtiyacı duyar, acı çektiği halde kimseyi terk edemez, mutsuz olduğu işte çalışmaya devam eder, anlaşamadığı arkadaşlarına tahammül eder, sıkıntısı bitmeyen evinden taşınamaz... Bu liste de böyle uzar gider.

Seni üzenleri bırak ki, sevebileceklere yer açılsın.

Bu sadece ilişkiler açısından değil, hayatın her alanında her konuyla ilgili geçerli bir kural. Şimdi otur ve düşün, mutsuz olduğun anılarından özgürleş. Seni üzen şeyleri geride bırakmayı seç. Sen inan ki, yeni yollar açılsın.

"Yolun ucunun nereye varacağını düşünme, sen yola çık, yol zaten sana görünür."

Mevlana

Yenilen

"Eğer hâlâ kızıyorsan, kendin ile olan kavgan bitmemiş demektir.

Eğer hâlâ kırılıyorsan, gönül evinin tuğlaları pekişmemiş demektir.

Eğer hâlâ kınıyorsan, af makamına ulaşmamışsın demektir.

Eğer hâlâ koşulsuzca sevmiyor ve sevginde ayrım yapıyorsan, içindeki sevginin yoğunlaşmasına engel oluyorsun demektir...

Eğer hâlâ Ben demekten vazgeçmiyorsan, dizginlerin hâlâ nefsinin elinde ve sen bu esarete boyun eğiyorsun demektir.

Eğer hâlâ musibetlere yana yana üzülüyorsan, gerçeği bilmiyorsun demektir.

Eğer hâlâ şikâyet ediyorsan, HAKİKATİ göremiyorsun demektir."

Şems-i Tebrizi

MUTLU MU OLMAK İSTİYORSUN, KİMSEDEN BİR ŞEY BEKLEME

"Beklenti" insanoğluna büyük zararlar veren, çoğu zaman "öngörü" kavramıyla karıştırılan yıpratıcı bir his...

Öngörü sahibi olmak başka şey, beklenti içinde olmak başka şey...

Öngörüde bilinç vardır, beklentide bilinçsizlik. Öngörüde bilgi ve muhakeme vardır, beklentide mantıksızlık... Öngörü olasılıktır, beklenti ısrar...

Bu yüzden beklenti içinde olmak insanı hareketsiz bıraktığı gibi mantıksızlaştırır, ısrarla bir sonuca saplı bırakır, ihtimallere kapatır, gelişimini engeller.

Örneğin birinin seni anlaması beklentisine düştüğünde sadece zaman kaybedersin, beklentin gerçekleşmediği sürece mantıklı hiçbir açıklaması olmadığı halde karşındaki kişiye öfkelenirsin, öfkelendikçe güç kaybedersin, kaybettiğin güç hayatının her alanına yansır, mutsuz, agresif, yeniliklere kapalı, heyecansız, hareketsiz bir yapıya bürünürsün.

Sadece bir kişinin seni anlamasını bekleyerek bile hayatının geniş bir alanında kısırdöngü yarattığının farkında bile olmazsın.

O yüzden derler ki:

Kendinden çok şey, başkalarından az şey bekle...

İnşallah bu konudaki hakikati bir an önce anlarız, yaşadıklarımızdan ve başkalarının yaşadıklarından ders çıkarırız.

Eskilerin bir sözü geldi aklıma:

"Başkalarından ibret al ki, başkalarına ibret olmayasın."

YALNIZ KADINLARA ÖNEMLİ TAVSİYE!

Geçen yıl birlikte çalıştığımız bir danışanım vardı. Uzun zamandır doğru erkeğin karşısına çıkmasını bekleyip duruyordu. Üstelik sadece doğru erkeği de beklemiyordu. Yaşamı tamamen beklentiler üzerine kuruluydu. Doğru erkeğin büyük bir cesaretle ona yaklaşmasını, nazik davranmasını, peşinden koşmasını, ısrar etmesini, ikna etmesini, çabalamasını, sürprizler yapmasını, ilişkiyi başlatmak için emek vermesini de bekliyordu.

Doğal olarak biz çalışmaya başladığımız dönemde hâlâ yalnızdı. Bütün bu beklentilere karşılık verebilecek adamla henüz karşılaşamamıştı. Bir ara Instagram'dan sürekli mesaj atıp duran birine ilgi duymuş. Ardı arkası kesilmeyen mesajları emek vermek, çaba göstermek anlamında değerlendirdiği için bu kişiye karşılık vermiş ve ne yazık ki büyük hayal kırıklığı yaşamış.

Bana geldiğinde daha önce yüzlerce kadından defalarca duyduğum cümleleri tekrarlıyordu:

"Dışarıda hiç iyi adam yok. İyileri zaten evlenmiş."

"Erkekler daha çok süslü püslü kadın seviyorlar, doğal güzellikten anlamıyorlar."

"Erkekler hükmedebilecekleri kadınları seviyor, aynı zamanda az masraflı, kolay yönetebilecekleri kadınları tercih ediyorlar."

"Erkekler bağlanmayı sevmiyorlar, akılları fikirleri cinsellik."

"Ben adım atayım diyorum ama bu sefer de ilk adımı atan kadını hafif buluyorlar."

Tekrarladığı bu cümlelerin mantıksız olduğunu söyledim ona. "Bu türden dayanaksız ve saplantılı düşünceler aşk hayatını tamamen çıkmaza sokuyor" dedim.

Bir ya da iki kötü deneyim bile, üç milyar erkeği zan altında bırakmaya yetiyor bazı kadınlar açısından. Uzun yıllardır ilişkiler üzerine araştırmalar yapmış, sayısız bireysel görüşmeler, seminerler ve konferanslarla sayısız ilişki deneyimlerini incelemiş biri olarak şunu kolaylıkla söyleyebilirim: Doğru erkekler var, üstelik tahmininden çok daha fazla... Bugüne kadarki yanlış inançlarınla, olumsuz bilinçaltı kalıplarınla doğru insanları kendinden uzak tutmayı başardın.

Şimdi bu bilinci birlikte değiştiriyoruz.

Danışanıma "Ne kadar zamandır hayatında kimse yok?" diye sorduğumda iki yıldır yalnız olduğunu söyledi.

"Bunca zaman içinde hiç mi içine sinen bir erkek olmadı?" dedim.

"Aslında geçenlerde biriyle karşılaştım" dedi.

Fotoğraf sergisi açılışında karşılaşmışlar. Bir iş arkadaşı sayesinde öncesinde hakkında bilgi sahibi olduğu bir erkekmiş. Bir ara göz göze gelmişler. Adamın ilgisini sezmiş ama derhal başını çevirip uzaklaşmayı tercih etmiş.

"Madem adam ilgini çekti o halde neden uzaklaşıp gittin?" diye sordum.

Ne cevap verdi biliyor musun?

"Ondan hoşlandığımı belli etseydim hafif bir kadın olduğumu düşünebilirdi. Hem erkek bir kadını gerçekten istiyorsa onun peşinden koşmalı."

"O adam seni bir daha aramayacak" dedim üzülerek. "Adamın hislerini merak ediyorsan anlatayım. Bir defa senden hoşlandığı için ilgisini belli etti. Fakat sen başını çevirip uzaklaşınca senin ya evli olduğunu düşündü, ya hayatında biri olduğunu ya da seni rahatsız ettiğini... Kadına rahatsızlık veren bir adam olarak gördü kendini. Bu yüzden aranızdaki temas hiç yaşanmamış gibi davranmayı seçti. Emin ol aynı şeyi sana karşı bir daha asla yapmayacaktır."

Danışanım, farkında olmadan verdiği tepkilerinin giderek hangi sonuçlara yol açtığını anlamaya başlamıştı, fakat bundan sonra ne yapacağından emin değildi.

"Sadece gülümse" dedim. "İlgini çeken adam sana gülümsediğinde sen de aynı şeyi yap. Kadın gülümsediğinde ucuzlaşmaz. Ucuzlaşmak için yüksek bedelleri göze almak gerekir. Öyle kolay bir iş değildir. Karşındaki adama rahatsızlık veren biri olmadığını hissettir. Sana merhaba dediğinde sen de ona merhaba de... Hepsi bu..."

Erkeklerin en büyük korkusu reddedilmektir. Reddedildiklerinde kendilerini aşağılanmış ve değersiz hissederler.

Kadının bu noktada bilinçli olması çok önemli... Erkeğe kendini değersiz hissettirdiklerinde umdukları yakınlığı bulmaları mümkün olmaz.

"Neden kimse yanıma gelip benimle konuşmuyor, benimle tanışmak istemiyor?" diye sorup duran onlarca kadınla çalıştım. Her birine cevabım aynı oldu:

"Çünkü yaklaşılabilir durmuyorsun. Dışarıdan çok sert görünüyorsun. Aşılmaz gibi duran yüksek duvarların var..."

"Erkek Peşimden Koşsun" Sendromu

"Erkek benim için emek versin" doğru bir düşünce sayılabilir ama "Erkek peşimden koşsun" düşüncesi hatalıdır.

Centilmen bir erkek ilgi duyduğu kadının kendisinden uzaklaştığını, yüzünü çevirip gitmeyi tercih ettiğini gördüğünde daha fazla rahatsız olmasın diye ısrarcı davranmaz. Çünkü paylaşmayı arzuladığı şey duygularıdır. Ancak kadının bedeninin ya da onunla yaşayacağı kısa süreli geçici zevklerin peşinde olan bir erkek ısrarcı davranır, peşinden koşar, şartları zorlar.

Bu noktada durup bir daha düşünmeni öneririm.

Ruhunun, gönlünün, aklının peşinde olan bir adam rahatsızlık verdiğini, istenmediğini küçücük bir bakışla bile sezdiğinde uzaklaşmayı tercih eder.

Peşinden koşulmasını beklerken terbiyeli, kibar ve zarif erkekleri eleyip problemli erkekleri peşine takıp takmadığından emin ol derim.

Erkeğin bir kadının peşinden koşması başka şey, ilişkiye emek vermesi bambaşka şey...

İkisini ayırt edemediğin noktada sosyal medyadan ısrarlı şekilde aldığın komplimanları ilişkiye verilmiş bir emek olarak algılaman ve ilerleyen süreçte hüsrana uğraman elbette kaçınılmaz bir son.

Konuşarak mı Anlaşsak, Konuşmadan da mı Anlaşsak?

Konuşmak, bir iletişim becerisidir. Sahiden de beceri isteyen bir iştir. İletişim bir sosyalleşme aracıdır. Bu aracı iyi kullanabilenler hem sosyal ilişkilerinde hem özel ilişkilerinde başarılı olurlar ve gelişirler de. Çünkü öğrenmeye açıktırlar. Daha çok insan tanırlar, daha çok deneyime ortak olurlar.

İletişimi reddetmek bir noktada ilkelleşmektir. Üzgünüm ama acı gerçek bu... Konuşarak anlaşmayı reddetmenin temelinde birtakım bilinçaltı problemler yatabilir. İçine kapanan, mağarasına sığınmaya çalışan insanlar sosyalleşmeyi reddediyorlardır çünkü reddedilme, anlaşılamama, saldırıya uğrama, zarar görme gibi birtakım sanrılı korkular taşıyorlardır.

İletişim kurabilecek beceride olduğu halde sadece basit, ucuz ya da hevesli görünmemek için konuşmaktan kaçınanlarda ise durum biraz daha farklı. Bilinçli olarak iletişimden kaçınmanın da sağlıklı bir tepki olmadığını söylemek zorundayım.

İnsanlar birbirlerini konuşarak tanırlar. Konuşarak gelişirler. Farklı bakış açıları, fikirler ve deneyimler öğrenirler. Unutma ki ne kadar çok deneyim, o kadar az hata demektir.

Ne kadar fazla insanla iletişim içinde olursan bilinçaltın kıtlık ve dar alan enerjisinden uzaklaşarak bolluk ve genişlik enerjisi yaymaya başlar.

İnsanların ikili ilişkilerde yaptığı en büyük hatalardan biri, ilişkileri başladıktan sonra çevreleriyle olan iletişimlerini kesmeleri, arkadaşlarıyla daha az görüşmeleridir. Hayatının merkezine sadece bir kişiyi yerleştiren bir insan, ilişkisi içinde giderek daha özgüvensiz bir ruh haline bürünür. Çünkü bilinçaltı kıtlık ve darlık enerjisi yayar.

Kıtlık enerjisi, kaybetme korkusunu tetikler. Kaybetme korkusu, bir ilişkinin en etkili zehridir. İlişkiyi yavaş yavaş ve düzenli bir şekilde öldürür.

Olmadık senaryoların yazıldığı, çaresizlik hissinin giderek büyüdüğü yorucu ve yıpratıcı bir süreç başlatır. İki taraf da ilişkiden kendini kurtarmadığı müddetçe ne kadar yara aldığını fark edemez bile. Çünkü zehir acıtmadan, hissettirmeden yayılır.

O yüzden çevre ne kadar güçlü olursa, dostların ne kadar fazla olursa kendini o kadar özgüvenli hissedersin ve bilinçaltın da bolluk enerjisi yayar.

ÖZGÜVENİ ARTIRMAK İÇİN BASİT EGZERSİZLER

Bana en çok sorulan sorulardan biri de "Özgüvenimi nasıl geliştirebilirim?" sorusu. Lise yıllarında bildiğim bir soruyu cevaplamak için bile elimi kaldırmaya cesaret edemeyen ben, bugün binlerce insanın karşısında kendi evimde gibi rahat konuşabiliyorum. Elbette bu bir anda olmadı. Özgüvenin temelinde yaptığın işe inanmak, doğru insanları rol model almak ve mükemmelleşmek için durmadan çalışmaya devam etmek geliyor.

Oysa hepimiz önce mükemmel olmaya, sonra sahaya adım atmaya çabalıyoruz. Bu yapılan işin doğasına ters.

Özgüvenini geliştirmek için insanlarla ilişkilerini geliştirmeli ve bunları gelişimin için gerekli egzersizler olarak görmelisin.

Bir bilgenin dediği gibi:

Unutma!
Başlamak için mükemmel olmak zorunda değilsin ama mükemmel olmak için başlamak zorundasın.

İletişim kalitesi ne kadar yükselirse duyguların ifadesi de o kadar kolaylaşır. Anlamak da anlaşılmak da daha mümkün ve çabasız hale gelir. Ve bu da senin özgüvenini artırır.

Ben Ney'im adlı ilk kitabımda "İfade Egzersizi" bölümünde duyguların açığa çıkarılmasının ne kadar önemli olduğu üzerinde uzun uzadıya durmuştum. Bu bölümde ise hayatımızın her alanında kendimizi sağlıklı ve doğru ifade edebilmekle ilgili özgüvenimizi artıracak egzersizler vereceğim.

1. Tanımadığın insanlarla sohbet et: Yetenekler, kendiliğinden gelişmez. Çok çalışmak ve egzersizler yapmak gerekir.

İletişim yeteneğini geliştirmek için de birtakım pratikler yapmak lazımdır. Vereceğim uygulamalar son derece basit... Seni işinden alıkoymayacak, ayrıca zaman harcamak zorunda kalmayacaksın.

Örneğin bir restorana ya da kafeye gittiğinde burada karşılaştığın garsonlarla, servis elemanlarıyla selamlaş. Onlara "Gününüz nasıl geçiyor?" diye sor. Aldığın cevapları dinle ve karşılık ver.

Marketlerdeki kasiyerlere, mağazalardaki satış elemanlarına, taksicilere "Nasılsınız?" de. "İşler nasıl gidiyor?"

Hayatları yeni insanlarla temas ederek geçen bu çalışanlar sana seve seve karşılık vereceklerdir. Çünkü amaçları zaten müşteriye iyi hizmet sunabilmektir. Böylece farklı insanlarla konuşarak iletişim yeteneğini geliştirme fırsatı bulur, ayrıca eğlenir, keyif alır ve kendini mutlu hissedersin.

2. İsim sor: Periyodik olarak görmeye devam ettiğin halde hâlâ isimlerini bilmediğin insanlar olduğunu fark et ve onlara isimlerini sor, bundan böyle isimleriyle hitap et.

Mesela haftada bir iki gün gittiğin spor salonunda karşılaştığın eğitmenlere, kapıda müşterileri karşılayan görevliye, yanında spor yapan kişiye isimlerini sordun mu?

Sor...

Bundan böyle onlara isimleriyle hitap ederek selam ver, sohbet et...

İsimle hitap etmek iletişim kalitesini artıran bir ayrıcalık. Kendilerine ismiyle hitap ettiklerin seni unutmayacaklardır ve onlar için hep ayrıcalıklı olacaksındır.

Bu sana kendini hem iyi hissettirir, hem iletişim becerini geliştirir.

3. Kitap okuyanlarla konuş: Kitap okuyan birini gördüğünde bu fırsatı kaçırma. Ona hangi kitabı okuduğunu, konusunun ne olduğunu, nasıl bulduğunu, fikrinin ne olduğunu sor.

4. Günde en az üç kişiye iltifat et: Ne demiştik? Benzer benzeri çeker... Sen hayata ne verirsen, o da sana aynısıyla karşılık verir. Bu yüzden günde en az üç kişiye iltifat et derim.

Bu saç modeli sana çok yakışmış, elbisen ne hoş, gözlerin bir başka parlıyor bugün, çok güzel görünüyorsun...

İltifat etmek yani birine kendini iyi hissettirmek sana da kendini iyi hissettirir. Çünkü verdiğin ve yayılmasına önayak olduğun enerji seni karşılıksız bırakmaz.

5. Her gün rasgele bir iyilik yap: Karşılık beklemeden, adam seçmeden iyilik yapmaya ne dersin? Mesela otobüste birine yer ver. Elleri dolu birinin kapısını aç. Birine adres tarif et.

Unutma ki iyilik de tıpkı gülmek gibi bulaşıcıdır ve çabuk yayılır. İyilik eden iyilik bulur. Bir de bakmışsın ki hayat sana gülümsüyor, ummadığın fırsatlarla karşına çıkıyor.

6. Erteleme: Başlamak için onca hazırlık yaptığın, üzerinde durup düşündüğün hiçbir şeyi başka bir bahara erteleme. Doğru zamanı beklemeye kalkışma çünkü doğru zaman hemen şimdidir.

"Pazartesi rejime başlıyorum" diyenleri bilirsin. O pazartesiler hiç gelmez. Yarını bile bekleme, hemen şimdi harekete geç...

Şartların mükemmelleşmesini beklemek aslında başlamak için değil, durmaya devam etmek için evrene verilmiş sinyallerdir.

Oysa şartları mükemmelleştiren şey yaptığınız hatalar ve bu hatalardan aldığınız derslerdir.

Çok düşünmek, hareketin önüne geçer. Oysa hayat eylemi alkışlar, fikri değil...

Bir şey hakkında uzun uzadıya düşünürsen onu yapacak zaman bulamazsın.

7. **Değerinin farkında ol:** Başkasının gözünde nasıl göründüğünden çok yaptıklarınla ve yapmadıklarınla ne kadar değerli olduğunun farkında ol.

Kendine layık gördüğün hayatı gözden geçir. Yaşam kaliteni artırmanın peşinde ol. Bunu başkalarının gözünde değerli olmak için değil, kendine layık gördüğün standarda sahip olmak için yap.

KARARLI KADINLAR

Kararlı bir kadın neyi neden istediğini bilen kadındır. Hem hayattan ne istediğini bilir, hem ilişkiden...

Hoşlanmadığı insanlara nazikçe ve kolaylıkla "hayır" diyebilir, ters bulduğu tutum ve davranışlara karşı tepkisini özgüvenle, nezaketinden kaybetmeden gösterebilir. Fikrini açıkça ifade edebilir.

Kararlılık, özgüven ve zarafet bir kadın bedeninde aynı anda buluştuğunda mucizevi sonuçlar doğurur.

Öfkelenmeden, hırçınlaşmadan, kırıcı olmadan, kimseyi aşağılamadan kendini açıkça ve güçlü bir şekilde ifade etmeyi başaran bir kadın, her zaman doğru enerjiyi yayan bir kadındır ve böylece doğru enerjiyi kendine çeken bir kadındır.

Kendine Güvenen, Kararlı Bir Kadının Hikâyesi

Bir gün Amerikan başkanı ve eşi, rutin yaşamlarının dışına çıkmaya karar verdiler ve her zaman gittikleri yüksek güvenlikli lüks restoranlardan birine gitmek yerine sıradan bir mekânda akşam yemeği yemeye karar verdiler.

Başkan ve eşi masada otururlarken restoranın sahibi başkanın korumasına yaklaştı ve "Hanımefendiyle özel olarak konuşabilir miyim?" diye sordu.

Koruma konuyu başkanın eşine iletti. Talep onay alınca, konuşma da gerçekleşmiş oldu.

Başkan, eşiyle mekân sahibi arasında geçen konuşmanın içeriğinden habersiz. "Neden seninle konuşmak için bu kadar ısrar etmiş?" diye sordu eşine.

Başkanın eşi, "Gençken bana çok âşık olduğunu anlattı" dedi.

"Yani eğer onunla evlenmiş olsaydın şimdi bu restoranın sahibi olacaktın" dedi Başkan.

"Hayır" diye karşılık verdi başkanın eşi. "Eğer onunla evlenmiş olsaydım, Amerika'nın şimdiki başkanı o olacaktı."

***

Özgüven sahibi olmak, kibirden ve bencillikten uzak tamamen öz-değerinin farkında olmakla ilgili bir güç...

Öz-değerinin farkında olmayanlar, başkalarının onayına ihtiyaç duyarlar. Başkalarının onayına ihtiyaç duyanların kendileri gibi olmaları mümkün değildir. Tek yaptıkları ortama uyum sağlamaya çalışmaktır. Çünkü eleştirilmekten ziyadesiyle kaçınıyorlardır. Ortama uyum sağlamak yapabilecekleri en iyi şeydir.

Başkasına İhtiyaç Duymadan da Mutlu Olabiliyor musun?

Erkekler, tek başına da mutlu olabilen kadınlara doğaları gereği daha çok çekilirler. Hayatlarında bir erkek olmadığı halde keyifle yaşamını sürdürebilen, kendini idame ettirebilen, rafine zevkleri olan, tat almayı bilen, kendini geliştiren kadınlar her zaman caziptir çünkü özgür ve güçlüdürler.

Kendi halinde mutlu olmayı başaran bir kadın, hiçbir erkeğin gücüne, katkısına, varlığına muhtaç değildir. İşin içinde muhtaçlık duygusu yoksa, paylaşım ve değer var demektir.

Bu tür kadınlar Nâzım Hikmet'in de bir şiirinde tarif ettiği gibi ***"Ben sensiz de yaşarım ama seninle bir başka yaşarım"*** diyebilen kadınlardır.

Erkeklerin kendilerine muhtaç, kolay yönetilebilen, itaat etmeyi seven, kişiliğini erkeğe teslim etmiş, hayatını bütünüyle ona adamış kadınlardan hoşlandığı düşüncesi tamamen bir hüsnükuruntudur. Aslı yoktur, dayanağı yoktur, mantığı yoktur...

Erkekler bazen güçsüz ve yönetilmeye müsait kadınları seçseler de, muhakkak kendine güvenen güçlü kadınlara âşık olurlar.

Uzun yıllar boyunca çalıştığım erkek danışanlarımın çoğu aslında kendine güvenen, güçlü kadınlara âşık olduklarını, onlara kayıtsız kalamadıklarını ancak ne var ki reddedilmekten korktukları için âşık olmadıkları halde daha zayıf ve erkeğe muhtaç kadınlarla birlikte olduklarını itiraf ettiler.

Sen bağımsız bir kadın olduğunda, kendi kendine de mutlu olabilmeyi başardığında sağlıklı ve güçlü bir enerji yayıyor olacaksındır.

Bir başınayken de hayatı dolu dolu yaşayabilme becerisine sahipsen zaten bir erkeğe ihtiyaç duymazsın. Muhtaçlık duygusunu paylaşıma, keyfe, aşka, sevgiye ve koşulsuzluğa bıraktığında ilişkilerinin kalitesi yükselir.

Ben Buyum Değişmem

Değişime kapalı olmak hayata karşı direnç göstermektir ki hayata direndiği halde kazanan hiç kimse yok...

Hayat direnç değil, uyum ve denge ister. Akışkanlık, değişim ve gelişme büyük bir yaşam ustalığı gerektirir. Ancak esneyen ağaçlar, sert rüzgârların karşısında kırılmazlar.

Değişime, gelişmeye ve büyümeye açık olmalısın. Bu seni özgün kılar. Şahsına münhasır, eşsiz bir birey yapar.

Olduğun halinle sevilirsin. Kimse için başkası gibi olmak zorunda kalmadan, en iyi versiyonun olmayı başarabilmelisin.

"Bu benim en iyi versiyonum" diyebilmelisin.

Artılarınla eksilerinle, olanınla olmayanınla, günahınla sevabınla tamamen kendine özgüsün.

"Ben oldum" demek yerine "Ben buyum" diyebilmek ince bir zekâ gerektirir ki ikisi aynı şey değildir.

Standartlar

Kararlı bir kadının şahsına özgü standartları vardır. Standartlarının farkında bir kadın daha aşağısına razı olmaz. Tutum, davranış ve yaklaşımlar konusunda standardının ne olduğunu bilen bir kadın kimseyi "idare" etmez. Hak ettiğine inandığı şeyi alır. Kendine layık gördüğü yaklaşımı kabul eder. Aşağısını tolore etmez.

Standartlarını gözden geçir derim. Aşağısına neden razı olabileceğini düşünüyorsun? Bunu neden yapacaksın? Sorgula...

Bahaneler bulmak yerine çözüm üretmeyi dene...

Kararlı Bir Kadının İlham Veren Hikâyesi

1955 yılına kadar Amerikan yasalarına göre otobüslerde sadece derilerinin rengi siyah olan vatandaşlar, beyaz ırktan insanlara yer vermek zorundaydı.

Fakat Rosa Parks, yerini bir beyaza vermeyi reddetti. Otobüs şoförü Parks'a kalkmasını işaret ettiğinde Rosa kalkmadı. Şoförün "Neden kalkmıyorsun?" sorusuna ise "Yerimi bir başkasına vermem gerektiğine inanmıyorum" dedi.

Yasa ihlal edilmiş sayıldığından derhal polis çağrıldı ve Rosa Parks tutuklandı. Ancak bu olay toplumsal bir infial yaratmıştı. Parks'ın cesareti ve özgüveni büyük kitlelere ilham olmuştu. Kamuoyu tepkisiz kalmadı. Büyük protestolar başladı. Bunun üzerine söz konusu yasa değiştirildi.

Sonrasında Rosa Parks, olanları aynen şöyle aktardı:

"O gün yorgun olduğum için oturduğum yerden kalkmak istemedim. Ancak bu fiziksel bir yorgunluk değildi. Yaşlı da değildim, kırk iki yaşındaydım ve çok yorgundum. Haksızlığa uğramaktan ve bunu kabullenmekten dolayı yorgundum."

Bir kadının kararlı duruşu milyonlarca insanın hayatını değiştirdi.

Bu yüzden hayatta daima kararlı ol! Kararlarını verirken herkesi dinle ama duyduğun ses yalnızca kendi kalbinin sesi olsun.

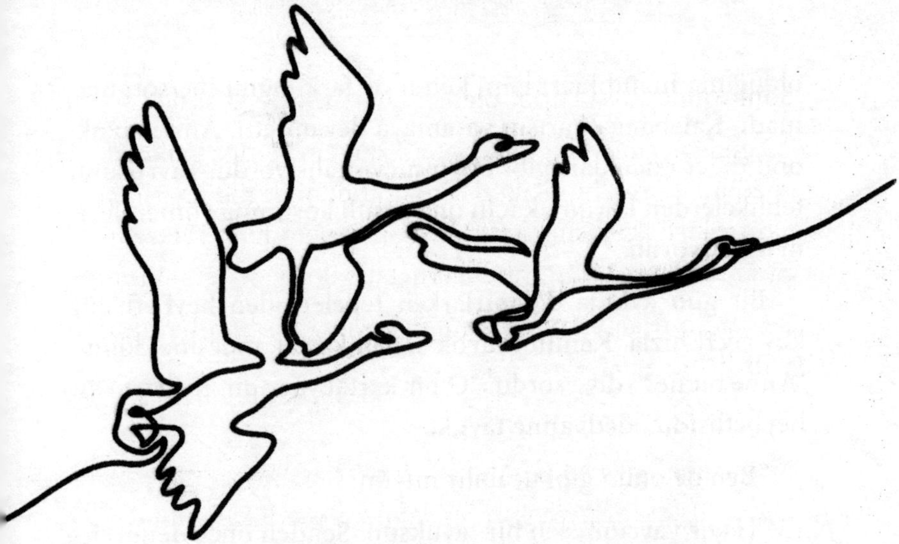

AÇILMAMIŞ KANATLARIN BÜYÜKLÜĞÜ BİLİNMEZ

Kim Olduğunu Biliyor musun?

Çiftliğin civcivleri avluda dolanırlarken bir kartal yumurtası buldular ve onu alıp gizlice kendi kümeslerine getirdiler. Yumurta oldukça büyüktü. Civcivler bunun büyük bir tavuğa ait olabileceğini düşündüler.

Sonra anne tavuk kümese geldi ve yabancı yumurtayı gördü. Civcivler bunun büyük bir tavuğa ait olduğu konusunda annelerini ikna edince, tavuk yeni yumurtayı da bağrına bastı ve üstünde kuluçkaya yattı. Sonra bir gün yumurta çatladı ve içinden siyah tüylü ilginç bir yaratık çıktı. Çiftliğin tavukları bu siyah tüylü şeyin farklı bir civciv olduğunu düşündüler. Kara tüylü civciv, büyüdükçe iyice değişti. Tüyleri uzadı, boyu uzadı, gagası kancalaştı, rengi iyice karardı. Çiftlikte bütün tavuklar onun farklı da olsa gerçek bir tavuk olduğuna inandıkları için, kendi de farklılığını hiç sorgulamadı. Kalabalığa karışıp yaşamaya devam etti. Anne tavuk, onu diğer çocukları gibi büyütmeye çalışıyordu. Yavrusunu tehlikelerden korumak için ona çeşitli korunma yöntemlerini öğretiyordu.

Bir gün avluda dolanırlarken tepelerinden heybetli bir kuş geçti hızla. Kendini tavuk sanan kartal annesine dönüp "Anne bu ne?" diye sordu. "O bir kartal yavrum. Kuşların en heybetlisidir" dedi anne tavuk.

"Ben de onun gibi uçabilir miyim?"

"Hayır yavrum, sen bir tavuksun. Senden önce deneyenler çok oldu ama başaramadılar. Sonunda üzüleceğin bir hayalin peşinden gitme."

Kendini tavuk sanan kartal, annesinin söylediklerini sorgulamadan benimsedi. İçindeki ses, aslında uçabileceğini söylese de o etrafındakilerinin söylediklerini dinlemeyi tercih etti ve sustu. Bir kartal olarak doğduğu halde, hayatını tavuk olarak geçirdi ve öldü.

Gerçekten sen kimsin?

Hadi yüksek bir olasılığın üzerinden devam edelim şimdi. Düşün ki seninle tanıştık... Belki bir seminerde, belki bir imza gününde ya da belki bir restoranda yemekte...

El sıkıştık, sohbet ettik. Biraz havadan sudan konuştuk, güldük.

Tanıştığımıza da memnun olduk.

Sonra ben sana bir soru sormak istedim.

Ve dedim ki:

"Tanıştığımıza çok memnun oldum ama sen kimsin?"

Bana ne cevap verirdin?

Kim olduğunu nasıl anlatırdın? Kaç cümleye sığdırırdın kendini? Hangi kelimeleri seçerdin kendinden bahsederken?

Sadece ismini mi söylerdin? Mesleğini de yanına ekler miydin? Bir de medeni durumunu açıklamak isterdin herhalde.

"Adım Aslı, mimarım, yalnız yaşıyorum."

Hepsi bu mu?

Hayır değil...

O halde kendinle ilgili kelime dağarcığını biraz daha geliştirelim ne dersin?

Bir Türkçe sözlük açacak olsan, içinde seni tanımlayan hangi kelimeleri yazardın buraya?

Hiç bekleme, yazmaya başla hadi:

....

....

....

....

....

....

....

....

....

Bugünkü kimliğini dün yaptıklarına borçlusun. Yarınki kimliğini de bugünkü eylemlerine ve seçimlerine borçlu olacaksın.

O halde, düşüncelerini, çevreni ve standartlarını değiştirmeye söz vermiş biri olarak:

Yeni kimliğinde ne yazmasını isterdin?

Düşüncelerini değiştirmiş bir sen nasıl olurdu?

Arkadaşların kimler olurdu?

Hayata nasıl bakardın?

Nasıl bir sevdiğin olurdu?

Nasıl bir işin olurdu?

Şimdi kendine zaman ayır ve bu soruları yanıtla. Yazdığın her cevapla kendine yeni bir gelecek oluşturduğunu hatırla.

Kendi değerinin farkında ol!

Unutma, her insan kendi hikâyesini kendi yazar.

Açılmamış kanatların büyüklüğü bilinmez!

GÜÇLÜ VE MUTLU KADINLARIN EŞSİZ ÖZELLİKLERİ

Uzun yıllardır ilişkiler konusunda bireysel danışmanlıklar yapmış, sayısız vakayla karşılaşmış, yurtiçinde ve yurtdışında konuyla ilgili seminerler vermiş. bir araştırmacı yazar olarak süreç içinde edindiğim bilgileri cömertçe ve hiç bilgi cimriliğine kaçmadan kaleme aldığım bu kitabımda, bu bölümü atlarsam sanırım okurlarım bana çok kızacaktı. Çünkü en çok sorulan sorulardan biri bu. Hatta YouTube üzerinden en çok izlenen videomun konusu da bu.

"Vazgeçilmez kadın" kimdir?

Vazgeçilmez kadın, güçlü ve mutlu kadındır. Kişisel devrimine kendi imzasını atmış kadındır. Peki güçlü ve mutlu kadınların ortak özellikleri nelerdir?

Onları başarılı kılan özgünlüklerini nasıl yönetiyorlar?

Açıkçası güçlü ve mutlu kadınlar, bazı prensipler konusunda son derece ustaca ve zekice hareket ediyorlar.

Duyguyla mantık arasındaki köprüleri sağlam temeller üzerine inşa etmeyi başarıyorlar.

İradelerine hükmetmek konusunda demir kadar eğilmez, bükülmezler.

Şunu hiç unutmamak lazım ki ilişkilerin yüzde ellisi duyguyla, istekle, arzuyla, romantizmle, temasla ve kalple ilgiliyse yüzde ellisi de mantıkla, sağduyuyla, psikolojiyle, dengeyle, zekâyla, düşünce kabiliyetiyle, iradeyle ve beyinle ilgilidir.

İşte güçlü ve mutlu kadınların en değerli özelliği kalp ve beyin arasındaki dengeyi sağlıklı idame ettirebilmeleridir. Hislerle ve zekâyla muazzam bir uyum yakalayabilmeleri sayesinde ilişkiyi canlı, dinamik, mutlu, coşku dolu ve verimli tutabiliyorlar.

O halde bu bölümde güçlü ve mutlu kadınların altın prensiplerine biraz daha yakından bakalım.

"Hayır" Demeyi Bilirler

Güçlü ve mutlu kadınlar prensiplerinden ödün vermemek konusunda oldukça dikkatlidirler. Bu yüzden "hayır" demeyi iyi bilirler. Hoşlanmadıkları ya da prensiplerine aykırı buldukları konularda gayet özgüvenli ve kendilerine karşı saygılıdırlar. Neyi neden yapmak zorunda olduklarını iyice ölçüp tartarlar. Yerli yersiz konularda her şeye "evet" demezler. Sıradan konular da dahil her şeyi sağduyu süzgecinden geçirirler. Hiçbir şeyi mecburen yapmak zorunda hissetmezler. İncitmeden, kırmadan "hayır" derler. Çünkü "hayır" demenin bir kabalık olmadığını iyi bilirler. "Hayır" demek prensiplerle ve karşılıklı saygıyla ilgilidir. Güçlü ve mutlu kadınlar, kendilerine ve etraflarındaki insanlara karşı saygılı olduklarından zarif kelimelerle, nahif bir üslupla, hislerini ve düşüncelerini nazikçe dile getirirler, yapmak istemedikleri ya da onaylamadıkları konuları "hayır" diyerek tatlı bir tavırla ifade ederler.

Kıskanmakla Sahiplenmek Arasındaki Farkı Görürler

Kıskanmakla sahiplenmek aynı şey değildir. Kıskançlık kaybetme korkusuyla ortaya çıkar. Hatta hastalık olarak kabul edilen ve uzman kontrolünde tedavi edilmesi gereken seviyeleri bile vardır. Kıskançlığın günümüzde halk arasında kabul görmüş bir hali de var elbette. "Seven insan kıskanır" önermesi ilişkiler söz konusu olduğunda sımsıkı sarıldığımız bir savunma şekli.

Oysa acı bir gerçek var ki: "Seven insan kıskanmaz, seven insan hayran olur ve sahiplenir."

Kıskançlık ilişkiyi zora sokar, ilişkiye zarar verir.

Hayranlık, besleyici, verimli, üretken, pozitif, yapıcı ve güzelleştiren bir yaklaşımdır. İnsan hayranlık duyduğu birine âşık kalır. Hayranlık duyduğu birini sevgiyle, ilgiyle, sağduyuyla, hoşgörüyle, anlayışla besler. Bütün bunları kendine de verebildiği için dengeli bir ilişki yaşar.

İşte tam da bu noktada güçlü ve mutlu kadınlar devreye girer. Kendine güvenen kadınlar, kıskançlık krizlerine girmezler. Kıskanmıyormuş gibi de yapmazlar. Çünkü özgüvenleri öylesine yüksektir ki gerçekten kimseyi kıskanmazlar. Kimseyi kontrol etmek çabasına girmezler. Hayatlarındaki erkeği denetimleri altına alarak adım adım izlemezler, hesap sormazlar, ifade almazlar. Vazgeçilmez kadınlarda baskı, tehdit, kontrol yoktur. Çünkü bütün bunlar, itici kuvvetlerdir ve erkeği mecburen dışarıya sürükler. Dışarısının cazip olabileceği algısını uyandırır.

Kendine güvenen bir kadın kıskançlık hissetmez sadece sahiplenir. İlişkideki sorumlulukların farkındadır. Sorumlulukların yerine getirilmesi konusunda kendine de seçtiği adama da güvenir. Güvenmediği noktada sağduyulu kararlar alır. Kendisine saygısızlık yapılmasına asla izin vermez.

Kıskanmamak başlı başına bir güç gösterisidir. Eşsiz bir özgüven sembolüdür. Kıskançlıktan özgürleşmiş insanları çok önemserim. Sorunun kaynağına ulaşmış sayarım onları.

Özgüvenin insana doğal olarak verdiği gücü, sağladığı konforu ve aşıladığı desteği hiçbir yapmacıklıkla elde etmek mümkün değildir.

Kıskanmıyor gibi görünerek, sözde özgüven sahibiymiş gibi yaparak ilişkideki sorunları kalıcı şekilde gidermek ne yazık ki pek mümkün değil.

Bu yüzden kesinlikle kıskanmıyor gibi görünmeyi önermem. "Mış" gibi yapmak çözüm değil, ertelemedir sadece. Giderek arapsaçına dönüşecek olan konuları bir süre daha öteleme gayretinden başka bir şey değildir.

Bu konuda kendinle yüzleşmeni isterim. İçindeki "kıskançlık" hissini sorgula:

"Onu neden çok kıskanıyorum?"

"Kendimi eksik hissettiğim konular mı var?"

"Terk edilme korkusu mu yaşıyorum?"

"Kendimi değersiz mi buluyorum?"

"Onurumun kırılmasından mı korkuyorum?"

Kıskançlık meselesinin temelinde, çoğu kez terk edilme korkusu vardır. Bilinçaltındaki terk edilme korkusu, ilişkilerin zehridir. Bunun panzehiri ise kendini bilmek ve tanımaktır. "Değersizlik" hissi onarılmadığında sadece ilişkilerin hayat kalitesini değil, bireyin kendiyle olan güven bağını da yıpratır.

Taviz Vermezler

Güçlü ve mutlu kadınların rafine zevkleri vardır. Günlük alışkanlıklarını, sosyal hayatlarını önemserler. Hayatları akışkandır. Düzenleri vardır. Ritimli bir yaşam sürerler. Bu ritimden de keyif alırlar, eğlenirler. Dolayısıyla kimse için ritimlerini bozmazlar. Çünkü biri için bu ritim bozulduğunda kendilerine olan saygılarını yitirirler, eski enerjileri, coşkuları ve üretkenlikleri kalmaz. Hayatlarına giren erkeği mutlu etmek için bu ritmin de devam etmesi gerektiğini bilirler. Bu yüzden sosyal hayatın programını biri için değiştirmek yerine o birini bu hayata davet ederler.

Sorunları Konuşarak Çözerler

Güçlü ve mutlu kadınlar sorunları görmezden gelmezler. Ertelemezler, ötelemezler. Belki düşünmek için biraz zaman isterler. Fakat mutlaka bir sonuca varmayı tercih ederler. Bunu yaparken küsmek, kapris yapmak, omuz silkmek, burun kıvırmak, kavga etmek, masaları yumruklamak, kapıları çarpmak, bağırıp çağırmak gibi zayıf ve itici tepkiler vermezler. Uzaklaşmanın bir çözüm değil, çözümsüzlük olduğunu bilirler. Bu yüzden bütün meseleleri konuşarak çözmek yoluna giderler.

Stratejisizdirler, Kendileri Gibi Olmayı Tercih Ederler

Güçlü ve mutlu kadınlar stratejilerle, taktiklerle uğraşmazlar. Çünkü sahte olan her şeyin kısa ömürlü ve amaçsız olduğunu bilirler. Vazgeçilmez kadınlar taktiksizdir. Oldukları gibi görünürler. Bunda hiçbir sakınca görmezler. Kendileri gibi olamadıkları hiçbir ortamda kalıcı değildirler. Oldukları gibi olmaktan memnuniyet duyarlar. Kendileri gibi olmak onların en büyük özgürlüğüdür.

Makyaj yapıyorlarsa kendilerini iyi hissettikleri için yaparlar. Kimse nasıl göründükleri kaygısıyla sevmedikleri bir görüntüye bürünmez. Şık giyiniyorlarsa kendilerini iyi hissettikleri için giyinirler.

Sonuç Olarak

Sonuç olarak kendilerine değer verirler ve karşılığında değer görürler. Başkalarının gürültüsünü değil her daim kalplerinin fısıltısını dinlerler.

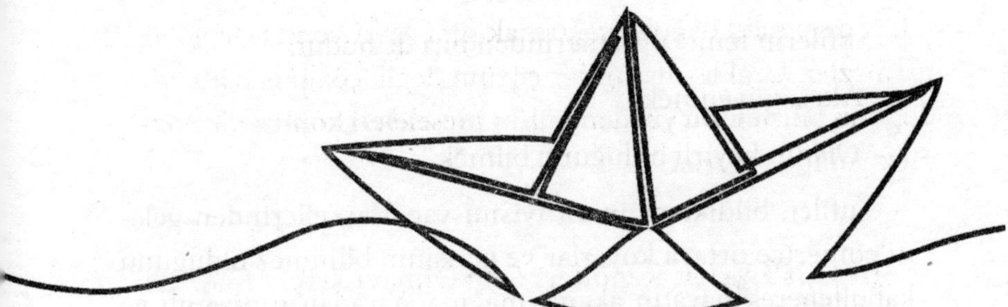

KONTROLCÜLÜĞÜ BIRAK, TESLİM OL!

"Allah'ın karşına çıkardığı değişimlere direnme, teslim ol. Elinden geleni yaptıktan sonra tevekkül et. Düzenim bozulur, hayatımın üstüne gelir diye korkma! Nereden bilebilirsin ki hayatın altının üstünden daha iyi olmayacağını?..."

Şems-i Tebrizi

Kontrol etmek, güvensizlikten ve korkudan kaynaklanan bir reflekstir. Akışa güvenmemektir. Sisteme teslim olamamaktır. Olanın hayırlı olduğuna inanmamaktır. Aklındakinin doğruluğunu iddia etmektir. İsteklerinin ve arzularının tek hakikat olduğunu, bunun dışındaki bütün olasılıkların yanlış, yıkıcı ve kötü olduğunu düşünmektir. Oysa hayal edemeyeceğin kadar iyi olasılıklar da olduğunu kabul etmek lazımdır değil mi? Düşüncelerinin ötesinde, aklının yazdığı senaryolardan daha büyük, daha mucizevi ihtimaller olamaz mı?

Hiçbir şey hayat kadar şaşırtıcı değildir. Hayatın gelişine güvenmek çok ve yeni kapıların aralanmasına, yeni olasılıkların doğmasına fırsat vermek gerekir.

Sufilerin temel öğretilerinden biri de budur.

"Akışa güvenmek..."

"Olanın hayırlı olduğunu bilmek."

Sufiler, bildiklerinin en iyisini yaparlar, ellerinden geleni cömertçe ortaya koyarlar ve gerisinin bilinmez olduğunu kabullenerek hayatın akan ırmağına, Yaradan'ın nizamlı ve adaletli akışına güvenirler ve teslim olurlar.

Bu noktada dur, kendine şunları sor lütfen:

Her şeyi kontrol altında tutabileceğine sahiden inanıyor musun?

Midene "Bugün seni durduruyorum", beynine "Bugün iki saat kapalısın", ağrılarına "Şu an hemen dineceksin" bile diyemiyorken, kendi bedeninin bile kontrolü aslında sende değilken, olacak olanın kontrolüne sahip olabilir misin?

Şimdiye kadar planlayarak yaşadıklarınla mı, yoksa hiç hesapta olmayan deneyimlerinle mi daha mutlu hissettin kendini?

En Âciz Halinde, Korunup Kollanıyordun

Unutma ki hepimiz bu dünyaya anne karnında geldik. En âciz, en kontrolsüz halimizle bilinmeyen bir deneyime doğduk. En savunmasız halimizdeyken bile güzelce besleniyorduk değil mi?

Dünya hayatına gözümüzü açtığımızda ne oldu?

Tabii ki hâlâ âciz ve savunmasızdık. Bir başımıza hayatta kalabilecek güçten yoksunduk. Ama ne var ki akışa tamamen teslimiyet halindeydik. En güçsüz olduğumuz halde bile, O bizi sahiplenmişti. Karnımız doyuruluyor, üstümüz başımız yıkanıyor, sarılıp sarmalanıyor, seviliyor, öpülüyor, korunuyorduk. Herkes etrafımızda pervane... Ev halkı bizim için seferber olmuş. Herkes bizimle ilgileniyordu.

Bizi 9 ay boyunca en güvenli yerde, en iyi beslenecek şekilde koruyan, büyüten, sonrasında yine hayatta kalmamızı destekleyen bir düzenle bizi dünya hayatında var eden Yaradan, neden şimdi bizden vazgeçsin ki? Dokuz ay bizden yana olan Yaradan, sonrasında neden sırt çevirsin?

Elbette bizi bir koruyan, kollayan var.

"Sen ana karnında
Bilinmez bir nesne iken
O besledi ve bu âleme getirdi
Ve yine sen
Beşikte her şeyden habersiz yatarken
Esirgeyen O oldu.
İşte o eski hallerini düşün
Ve Hakk'a güven."
Abdülkadir Geylani

Ama biz ne yapıyoruz?

Akışa müdahil oluyoruz.

Akıllarımız sözde çok üstünmüş gibi, fikirlerimiz eşsizmiş gibi, en iyisini biz bilir, biz planlarmışız gibi hayat ırmağının akışını bozmaya cüret ediyoruz.

"Bunu yapmazsam aç kalırım, şunu yapmazsam sokaklara düşerim" korkusuyla, güvensizliğiyle karnımız tokken bile geleceğe mal mülk yatırımı yapıp duruyoruz. Her şey yolunda olduğu halde hep "Ya sonra?" kaygısıyla huzursuz, mutsuz, korku dolu ve endişe içindeyiz.

Her şeyi kontrolümüz altında tutmaya çalışıyoruz.

İşi, evi, arabayı, eşi, çocuğu, akrabaları, ilişkileri, geleceği... Her şeyi...

Dokunduğumuz her şey "bizim" sanıyoruz. Bizim kontrolümüzde ve bizim planladığımız şekilde...

Hayır!

Çocuklarımız da bizim değil...

Neyi sevip neyi sevmeyeceklerini kontrol edemeyiz. Neye inanıp neye inanmayacaklarını kontrol edemeyiz. Hangi okula gideceklerine karar versek bile, hangi konuda başarılı olacaklarının kontrolü bizim elimizde değil. Ne yiyip içeceklerine karar versek bile, sağlıklarının kontrolü bizde değil...

Bu yüzden, yapabileceğimiz tek şey elimizden gelenin en iyisini yapmak... Gerisi tam bir teslimiyet... Hayatın karşımıza çıkardığı değişimlere direnmek yerine, geleni kabul etmeli, olanın hayrına teslim olmalı, akışa uymalı, geleni karşılayabilmeliyiz.

Sufiler der ki:

Telaş etmeyin,
kötü görünen
birçok olay vardır ki,
sonu lütuftur.
Ulaşamadığına tevekkül,
ulaştığına rıza,
kaybettiğine sabır
gösteren kişi takva ehlidir.

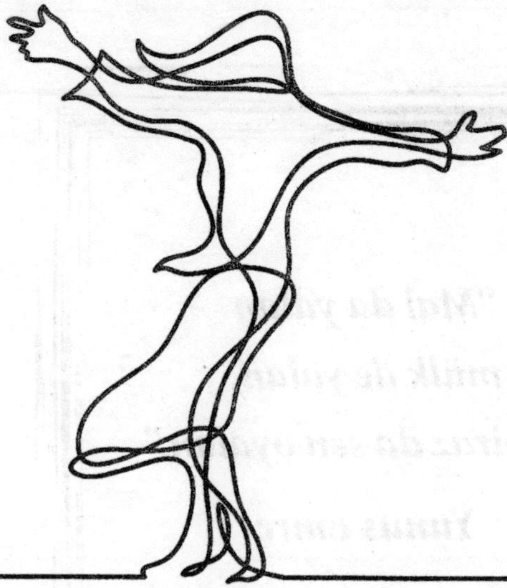

SAHİP OLDUKLARIN, BİR SÜRE SONRA SANA SAHİP OLABİLİR

Ebu Hanife zamanın en zenginlerindenmiş. Uzun zamandır onun yanında olan talebesi de ticaretle uğraştığından yıllar içinde o da zenginleşmiş, mal mülk sahibi olmuş. Fakat bu mal mülk onun gönül dengesini bozmuş. Sürekli aklına malı, mülkü ve sayısı binlere varan koyunları geliyormuş. Bir gün Ebu Hanife'ye sormuş: "Üstadım, sizin namazınıza hayranım. Namazınıza doyamıyorsunuz, kendinizi kaybediyorsunuz. Benim namazım da eskiden size benzerdi. Fakat üç beş kuruş kazandım, aklım malıma, mülküme, sürülerime gidiyor, kendimi namaza veremiyorum, ne farkımız var, ben neyi beceremiyorum?"

Ebu Hanife de demiş ki: "Evlat sen sürüleri gönlüne bağladın, benimkiler ahırda duruyor."

Daha fazlasını kazanma hırsı ile var olanı kaybetme korkusu arasında sıkışıp kalmışsın.

"Mal da yalan
mülk de yalan,
gel biraz da sen oyalan."
Yunus Emre

Kontrolcülük

İnsan egosu geliştikçe, kontrolcülük ve baskı refleksi de ne yazık ki artar. Çünkü korku ve güvensizlik insan iradesini felç eder. Sufiler insanoğlunun bu gelişim evresine "enaniyet" derler, yani *benlik zannı...*

Ego, bize olanın güzel olmadığını hatta üstüne üstlük gayet de kusurlu olduğunu söylemeye başlar ve böylece bizi teslimiyetten uzaklaştırır.

Ego "Kim olduğunuz neye sahip olduğunuzdur" der bize. Sadece bunu sorgularız artık... Neye sahip olduğumuza odaklanır ve hep daha çok sahip olma çabasıyla hayatı sözde zenginleştirdiğimizi sanırken aslında yoksullaşarak yaşar hale geliriz. Daha fazla mal mülk edinme çabasıyla çalışıp çırpınırken karşılığında sağlığımızdan, sevdiklerimize ayırdığımız zamandan, ilgilenemediğimiz yeteneklerimizi yitirmekten, körleşmekten kaçamadığımızın farkında bile olmayız. İşte bunun adı zenginleşirken yoksullaşmaktır. Günün sonunda hesap edecek olursak aslında hiçbir şeyin planladığımız gibi gitmediğini görürüz ama iş işten geçmiştir artık... "Ne kadar çok şeye sahip olursam, o kadar değerli olurum" inancı aslında egonun kötü bir şakasıdır insanoğluna... Üstelik bedeli hayli ağır bir şaka...

"Daha fazla" algısı, korkunç bir tuzaktır.

"Daha fazlasına sahip olarak mutlu oluruz" düşüncesi sahte bir oyundur, kötü bir aldatmacadır.

Peki sonrasında ne olur?

Daha da korkunç bir süreç başlar...

Bu sahte oyunu devam ettirmek için başka bir aldatmacanın içine düşeriz ve sahip olduğumuzu sandığımız şeyleri koruma kaygısı başlar. Çünkü kaybetmek, ölümden güçlü bir his olur bizim için... Ölümü kabullenmek mümkün gelir ama elindekileri kaybetmek dayanılmaz bir ıstırap... Olağanüstü bir korku...

Bu korkudan uyandığımız bir dönem var mı diye sorarsan, "Evet var" derim.

Ne zaman mı?

Belki sevdiklerimizden birinin ani kaybı, belki bir hastalık, belki bir kaza gelir ve bize "Dur!" der. "Dur ve düşün... Sahip olduğunu sandıkların sahiden de senin mi?"

Bu kadar gecikmeden de egonun kurduğu tuzaklara gözümüzü açmamız, uyanmamız mümkün elbette. Bu yüzden hep derim ya, hayat sadece kalple ya da sadece beyinle yaşanmaz. İşin sırrı ikisi arasındaki dengede gizli... Yaşam ustası, aslında bir denge ustasıdır ve bütün alanlardaki ustalık da bu dengeyle ilgilidir.

Sahip olduklarının sana
sahip olmasına izin verme.
"Daha fazla"
tuzağına düşme.
Hayat daha fazla şeye
sahip olarak değil,
daha az şeye ihtiyaç duyarak
mutlu yaşanır.

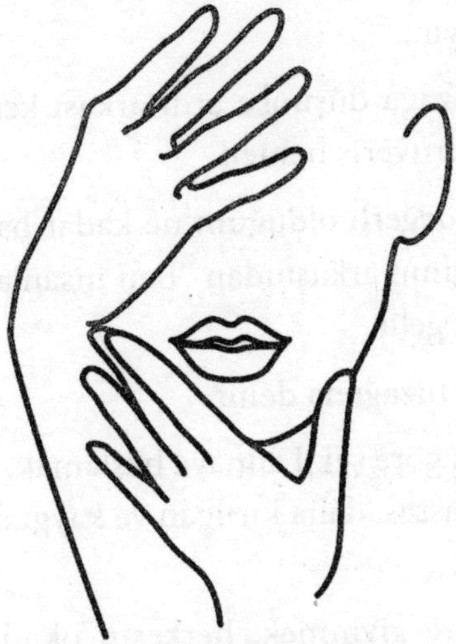

İTİBAR TUZAĞI

Sahip olduğumuz her şeye bir isim verdik.

"Başarı."

Evet...

Sahip olduklarımıza "başarı" diyoruz. Dolayısıyla sahip olamadıklarımız da başarısızlıklarımız olarak büyüyor gözümüzde.

Ne yazık ki bu algıyla hayata baktığımızda başarısızlıklarımız daha büyük ve daha çok gibi görünüyor değil mi?

Bu yüzden elimizdeki bir avuç başarıyı, hayatımızın merkezi haline getiriyoruz. "Ne kadar değerli olduğum ne kadar başarılı olduğumla ilgilidir" inancına kapılıyoruz.

"Daha fazla çalışmalıyım, daha fazla kazanmalıyım, işimi kaybetmemek için rekabet halinde olmalıyım..."

Bitti mi?

Tabii ki hayır...

Bir kere tuzağa düşünce ardı arkası kesilmez. Bir tuzak diğerini oluşturuverir hemen.

"Ne kadar değerli olduğum ne kadar başarılı olduğumla ilgilidir" tuzağının arkasından "Ben insanların ne düşündüğüyüm" tuzağı gelir.

Buna itibar tuzağı da denir.

Başkalarına göre şekil almaya başlamak, giderek daha dış odaklı, daha hassas, daha kırılgan ve kaygı dolu bir bilinçaltı inşa eder.

Modaya göre giyinmek, herkesin okuduğunu okumak, herkesin izlediğini izlemek, herkesin gittiği yerlere gitmek, herkesin kullandığı kelimelerle espri yapmak...

Bu liste böyle uzar gider.

Çünkü inanç sisteminde artık şu düşünce iyice kök salmıştır:

"Diğerleri beni onaylamıyorsa, kabul etmiyorsa ve beğenmiyorsa o halde bende bir sorun var demektir."

Başkalarından kabul görmek ve onaylanma almak ihtiyacı, özgünlüğü ve özgüveni körelten hatta yok eden bir tuzaktır. Başkalarına göre şekillendiğimizde bizden geriye bir şey kalmaz. O yüzden her zaman "Başkalarının gürültüsünü değil, kalbinin fısıltısını dinle!" der dururum.

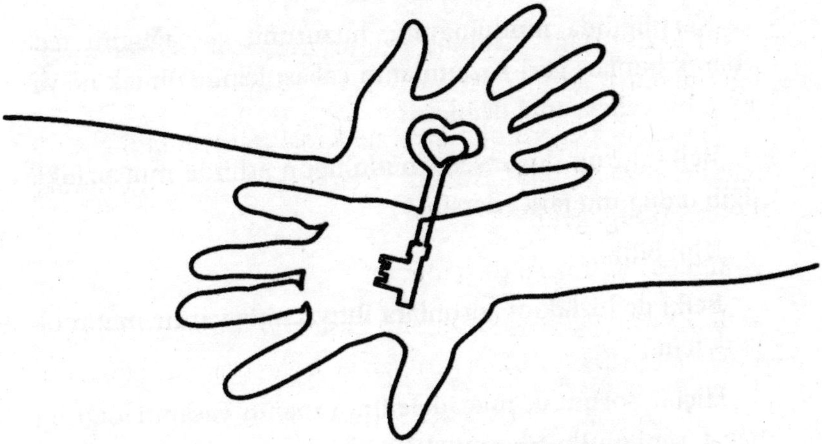

SORUN VARSA MUTLULUK VARDIR

"Hubb-i Rahman isteyenler dürr ü mercan istemez
Derdini derman bilenler derde derman istemez."

(Allah'tan güzellik isteyenler, altın, elmas istemez. Derdin içinde dermanın olduğunu bilenler, derman istemez. Çünkü onlar derdin aynı zamanda derman olduğunu da bilirler.)

Alvarlı Muhammed Lütfi

Kime sorsan, "Yaşam amacım mutluluk" der değil mi?

Çoğunlukla her şeyi mutlu olmak ve huzurlu yaşamak için yapıyoruzdur. Bütün çabalarımız hep bu uğurda...

Mutlu, huzurlu ve sağlıklı bir yaşam...

Topu topu bu...

Bütün kavgaların, mücadelenin, çabanın, koşturmanın, çalışmanın, çatışmanın, yorgunluğun, direncin sebebi mutlu, huzurlu ve sağlıklı bir yaşam...

Karşılığında mutluluğunu, huzurunu ve sağlığını feda ederek bunları geri kazanmanın çabası içinde olmak ne yaman bir çelişki ama değil mi?

Belki durup düşünsen, mutluluğun aslında mutsuzlukla ilgili olduğunu fark edersin...

Kim bilir...

Belki de birtakım sorunlara ihtiyacımız vardır mutlu olmak için.

Hiçbir sorunun, mücadelenin, çabanın yaşanmadığı bir hayat, seni mutlu eder miydi?

"Ederdi" dedin biliyorum.

Oysa sorunların olmadığında değil, sorunlarını çözdüğünde kendini mutlu hissettiğini hatırlamanı isterim.

Mutluluk, sorunlara rağmen inşa edildiğinde anlamlıdır.

Bu yüzden her sorun, aslında bir çözümün fırsatıdır.

Acı Bir Sinyaldir, Fazla İleri Gittiğini Hatırlatır

Yemeğin dozunu kaçırdığında mideni bozduğun olmuştur değil mi? Ya da yanlış bir hareket yaptığında boynun ya da belin tutulmuştur. Belki toplantı uzayınca başına ağrılar saplanmıştır. Gün ortasında durup dururken uykun gelmiştir, ayakta duracak halin yoktur, "On dakika gözlerimi kapasam yeter" demişsindir.

Benim çok önemsediğim durumlardır bunlar. Çünkü içinde bir mesaj vardır. Bu noktada ortaya çıkan acı hissinin ne dediğini iyi okumak gerekir. Çünkü acı bir imdat çığlığıdır. Acıyan yer sana seslenir.

"Hey duy beni! Bir konuda fazla ileri gittin!"

Yemekte fazla ileri gittin, bu yüzden midende acı var.

Harekette fazla ileri gittin, bu yüzden belinde acı var.

Strese katlanmakta fazla ileri gittin, bu yüzden başında acı var.

Yorgunlukta fazla ileri gittin, bu yüzden uyumak istiyorsun ve bedeninde acı var.

Ne şahane bir iletişim aracıdır şu acılar değil mi? Bedeninin seninle yüksek sesli konuştuğu anlardır acı çektiğin anlar. Çünkü şimdiye kadar sana nahif ve yumuşak bir sesle anlatmaya çalıştıklarını işitmemişsindir. Ona kulak vermemişsindir ve sonunda sesini yükseltmek zorunda kalmıştır. Neyse ki sesini yükseltmeyi bilen bir bedenimiz var, aksi halde insanın kendine yabancılığının dünya üzerinde ne felaketlere mal olabileceğini hayal dahi etmek istemem.

Acılar Bir İmdat Çığlığıdır

Sufiler psikolojik acıları da birer imdat çığlığı olarak görür. Bir konuda fazla ileri gidildiğinin habercisidir. Psikolojik acıları birer felaket ya da lanet gibi görmemeli. Ağrıya katlanmak ne kadar zorlayıcıysa psikolojik acılara katlanmak da bir o kadar zorlu bir sürece neden olabilir, kabul... Ne var ki her başın ağrıdığında ağrıkesiciye sarılmaman gerekiyorsa, psikolojik acılarda da derhal baskılama yoluna gitmemek gerekir. Ağrının ve acının kaynağına ulaşılmadığı sürece, nüksetmeye devam edecektir. Ağrının ne söylediğini duymadığın sürece, onu anlamayıp baskılamaya devam ettikçe sorunun kaynağı giderek büyüyecek hatta belki çözümsüz kalacak noktaya varacaktır.

Bu yüzden acıyı baskılamak yerine onu anlamaya yönelik çaba göstermek, çok değerli bir hamle sayılır. Kendine yapabileceğin en büyük iyilik olacaktır.

Duygusal ağrılarının ve acılarının da sana ne söylediğini anlaman ve buna göre bir iyileşme yolu seçmen, acılarını kısa süreli baskılarla susturmandan daha kalıcı ve daha sağlıklı sonuçlar doğuracaktır.

Acılar ve ağrılar, bedeninin hizmetkârlarıdır. Fiziksel ve ruhsal acılar, seni iyileştirmek için ortaya çıkarlar. Bu yüzden kaçmak yerine anlamak ve onarmak yoluna gitmeyi tercih etmelisin.

Sorunlar karşısında strese girdiğimi gören hocam bana her zaman "Sorunlar senin gelişimin içindir Hakan, katlandıkça değil çözdükçe gelişeceksin" derdi. "Sorunlarını çözdükçe mutlu olursun. Çünkü seni zorlayan bir şeyin üstesinden gelenin yolunu bularak, kendinden bir adım ileriye gidersin. Artık sen dünkü sen olmazsın. Bir zorluğu aşarak, kendini de bir adım aşarsın ki bu sana büyük ve kutsal bir amaç verir. Sorunlarını çözdükçe yeni sorunlar gelir dizilir önüne. Çünkü sen büyümenin ve mutlu olmanın yolunu bulmuşsundur. İçindeki bilgeye doğru yürümeye cesaret edebiliyorsundur. Sen bilgeliğe doğru yürümek istediğin sürece sorunlarla karşılaşırsın. Şunu unutma ki Yaradan çaresini vermediği hiçbir sorunla buluşturmaz kulunu. Hazır olmadığın dertle karşılaşmazsın. Bu yüzden sorunlardan korkma. Yaradan'ın sana ne kadar güvendiğini gör. Başarabilecek olmasan karşılaşmazdın. Sorunlarının sana sunduğu imkânlara bak, fırsatları gör, sana güvenen sisteme şükret."

"Kabuğu kırılmış sedef
üzüntü vermesin sana
İçinde inci vardır."
Mevlana

BİLMEZSİN EN BÜYÜK DERDİN, DERDİ DERT OLARAK GÖREN KENDİN

Kartallar, kuş türleri içinde en uzun yaşayan türlerden biri... Yetmiş yıla kadar yaşayan kartallar var. Ancak bu ileri yaşı görebilmek için, kırk yaşına geldiklerinde çok zor ve önemli bir karar vermek zorunda kalırlar.

Kartalın yaşı kırka dayandığında pençeleri sertleşir, esnekliğini yitirir. Bu yüzden kartal kırkından sonra kendini besleyemez, avını kavrayıp tutamaz hale gelir. Gagası uzar ve göğsüne doğru kıvrılır. Tüyleri kalınlaşır ve kanatlarına takılmaya başlar. Artık kartalın uçması bile iyice güçleşir.

Dolayısıyla kartalın bir seçim yapma zamanı gelir. Ya yaşadığı değişimi kabullenerek pes edecek yani ölümü seçecektir ya da yeniden doğuşun acılı ve zorlu sürecini göğüsleyecektir. Yeniden doğuş süreci ise 150 gün kadar sürecektir.

Yeniden doğmayı seçen bir kartal, dağın tepesine uçar ve bir kayalığa yerleşir. Gagasını var gücüyle kayaya vurmaya başlar. Ta ki gaga yerinden kopup düşene kadar... Sonrasında kartal yeni gagasının çıkmasını bekler acı içinde. Yeni gaga çıktıktan sonra pençelerini yerinden söker. Böylece yeni pençelerini bekler. Ardından tüylerini yolar.

Beş ay sonra kartal, ona 20 yıl veya daha uzun süreli bir yaşam bağışlayan yeniden doğuş uçuşunu yapmaya hazır hale gelir.

Kartal için çok acılı görünen bu süreç, hakikatte ömrüne ömür katar.

Ve kartal kendisi için imkânsız görünen bu dönüşümü, bu çözümü sadece içgüdülerine güvenerek bulur.

Her acı, yeniden doğuşa gebedir.

"Yaradan çaresini vermediği hiçbir sorunla buluşturmaz kulunu... Her acının bilmediğimiz, göremediğimiz faydaları vardır."

Bir deneyim, sende "sorun" hissi yaratıyorsa, bu noktada bir çözüme ihtiyacın olduğunu düşünüyorsan ve çabalayıp durduğun halde sorunun üstesinden gelemiyorsan, lütfen bu sözü hatırla.

Sana güvenilmeseydi bu sorunla karşılaşmazdın.

Çözümü bulabilecek potansiyele sahip olduğun için bu deneyimin içindesin. "Çaresi yok" dediğin sorunların bile aslında sana çok yakın duran bir çözümü olduğundan emin ol. Çözümün nerede olduğunu, ne olduğunu göremiyor olman, bu sorunla baş edemeyecek olduğun anlamına gelmez. Sadece bakış açını değiştirmen gerekiyordur, hepsi bu. Belli ki baktığın yerde değil... O halde bakmadığın yere yönelmeli ve seni bekleyen çözüme ulaşabilmelisin.

Her şeyden önce sana ağrı ya da acı hissettiren deneyime "sorun" demekten vazgeç. Ona bir çözümün fırsatı olarak bak. Fırsatın ortaya çıkmasına aracı olabilecek potansiyele sahip olduğun için gurur duy kendinle. Zekâna, karakterine layık görülen çözüme ulaşman an meselesi... Bakış açını değiştir, yapıcı, üretken ve pozitif bir bilinçle deneyime bak. Hissettiğin acıyı ve ağrıyı eşsiz bir çözüme ve açılıma nasıl dönüştürebildiğini gör.

Deneyimlerimizi "sorun" olarak görmeye ve her birinin birer ceza ya da lanet olduğunu düşünmeye devam ettiğimiz sürece, sürekli endişe ve korku içinde yaşamaya mahkûm kalırız. Çözüm üretemeyen bir beyin ve kalp gelişmez. Potansiyeli açığa çıkmaz. Körelir, körleşir, küçülür. Bilinçaltının çekirdek inancı "Her an başıma bir dert gelebilir" beklentisine dönüşür. Böylece hep tetikte, hep gelecekten endişe duyan bir yaşam şekli gelişir.

Unutma ki sorunlar her an her yerdedir, üstelik çözümleriyle birlikte... Sorunlarına, birer çözüm fırsatı olarak bakmaya başladığında bütün dinamikler değişir.

"Derman arardım derdime, derdim bana derman imiş."

Niyazi Mısri

HER HAYIR, HAYIRLIDIR

Başkası kırılmasın, üzülmesin, alınmasın, sorun çıkarmasın, dert açmasın, üzerine gelmesin diye söylemek zorunda hissettiğin her "evet" kelimesiyle aslında kendine "hayır" dersin. Başkasını onaylamak "zorunda" kaldığında, kendini reddetmiş olursun. Potansiyelinin açığa çıkmasının önündeki tek engel olarak durmaya devam edersin. Unutma ki, kendini onaylamadığın sürece kimse de seni onaylamayacaktır. Kendine karşı var olmayı reddettiğinde, başkalarının yaşamında var olmayı sürdüremezsin.

Görünüşte yaptığın şey "kibarlık" gibi görünse de kendine karşı kıyımdan başka bir şey değildir. Başkasına gösterdiğin zorunlu zarafet, sana özgüven kaybı olarak geri dönecektir.

Başkalarını onaylama ihtiyacı kötü bir alışkanlıktır. Hem senin için, hem karşı taraf için... Zira sen bu alışkanlığın karşısında potansiyelini törpülemeye devam ederken, "evet" deme alışkanlığın etrafındaki herkes açısından bir göreve dönüşür. Yani sürekli "evet" diyen sen sadece bir kez bile olsa "hayır" diyecek olduğunda etrafındaki insanları tek tek kaybetmeye başlayabilirsin. Onayına alıştırdığın insanlara "hayır" demek onlarda büyük bir hayal kırıklığı yaratır.

"Hayır" dediğinde sonucu istediğin an "evet"e çevirebilirsin ama evet dediğin şeyleri "hayır"a çevirmen zor...

Hayır diyebilmek ile ilgili daha fazla bilgiyi *Ben Ney'im* adlı ilk kitabımda bulabilirsin. Hatta *Ben Ney'im* kitabının sesli bölümlerine YouTube kanalım üzerinden de ulaşabilirsin.

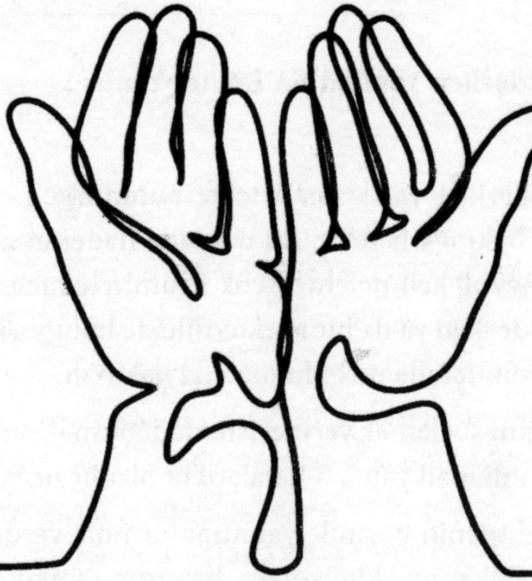

DUA VE DÜŞÜNCE GÜCÜ

"Kulum istesin, bana dua etsin.

Ben de icabet edip, istediğini vereyim."

Kuran-ı Kerim

Dua Yaradan'la edilen sohbettir.

Bir buluşma anıdır.

Davettir.

Dua etmek, ibadet sonrasında Allah'a el açmak demek değildir sadece. Her an, bir duadır. İnsanın aklından geçirdiği her durum bir davettir, duadır. Bu yüzden düşünceler çok önemlidir.

Ne düşündüğüne, düşündüğünü nasıl ifade ettiğine dikkat et. Çünkü duanı bir işiten var. Duanı hakikate dönüştürmeye hazır olan var...

Dua Ederken Yapılan En Büyük Yanlış

Dua ederken ya da bir istekte bulunurken oluşturulan resme iyi bakmak gerekir. Bu noktada ifadenin gücü devreye girer. Beyin, kelimelerden çok resimlerle hızlı kodlandığı için dua ederken ya da bir istekte/dilekte bulunurken oluşturulan resmin içinde ne olduğuna iyi bakmalı.

İstediğini söylemek yerine, istemediğinin resmini çizmek, farkında olmadan yapılan hatalardan biridir ne yazık ki.

Her kelimenin beyinde yarattığı bir imaj vardır. Bu imaj, beynin hakikatine dönüşmeye hazırdır çünkü çok çabuk canlanır, çok çabuk imgelenir.

Sana "Çikolatalı dondurma düşünme" dediğim an dondurmayı düşünmeye başlarsın.

Aynı şekilde kendine "Kaza bela istemiyorum. Artık olumsuz insanlarla bir arada olmak istemiyorum. Görgüsüz insanları hayatımda istemiyorum" dediğin an olmamasını istediğin imaja odaklanarak, beynine kaçtığın deneyimleri yaşatması için komut yollarsın.

"Çayını dökme oğlum" diyen anneler beş dakika sonra "Sana çayını dökme" diye serzenişte bulunurlar. Küçükken hepimizin başına gelmiştir. "Çayını dökme" dediğimizde çocuğun zihninde "çay" ve "dökmek" kelimeleri beliriyor ve bir süre sonra zihninde beliren bu imajı davranışa dönüştürüyor.

Birine "Hasta görünmüyorsun" dediğini düşün, beynine yollayacağın imaj elbette "hastalık hali" olacaktır. Halbuki sen ona olumlu bir şey söyledin. Fakat söyleyiş tarzın, onun hastalığa odaklanmasını sağladı ve bir süre sonra belki de hastalanmasına neden oldu.

Dua ederken de yapılan hatalardan biri bu maalesef...

Beyne yollanan yanlış imajlar, sonrasında istenmeyen deneyimler olarak geri dönüyor.

İstemediğin şeyin resmine bakma. Duayla hayatına davet ettiğin imaj, tamamen isteklerinden oluşuyor olmalı.

"Allahım bana hastalık verme" değil, "Allahım beni daima sağlıklı yap."

"Allahım beni olumsuzluklardan uzak tut" değil, "Allahım daima mutlu olacağım bir hayat nasip et."

Dualar, düşüncelerimizden daha güçlüdür. Çünkü dua ederken odaklanırız, bu yüzden enerjisi de çok yüksektir.

Dualar, birer mıknatıstır.

Davet ettiği her şeyi çeker.

Dua bedavadır ve bugün birçok bilimsel araştırma göstermiştir ki, dua eden insanlar yaşamın zorluklarını daha kolay atlatıyorlar.

Ettiğin her duada dev bir mıknatısa dönüştüğünü düşün. Davet ettiğin her şeyin sadece bir duayla sana doğru hareket ettiğinden emin ol.

Düşüncelerin ve Duaların Hemen Gerçekleşmemesi Bir Güvenlik Önlemidir

Dualar cevapsız kalmaz. Karşılıksız dua yoktur. Çünkü ilahi adaletin çalışma düzeni bu değildir. Her dua ve her düşünce bir etki-tepki yaratır.

Karşılıksız kalmış gibi görünen dualar olabilir. Buradaki yanılsama, insanın bakış açısından kaynaklanır.

Dualar, eminlik ister.

Emin olmak, duanın gerçekleşme hızını belirler.

Bu noktada duralım ve iyice düşünelim lütfen.

İstekte bulunmak kolaydır ancak istediğin şeyi taşıyabilecek güçte olup olmadığından emin olmak zordur. Çağırdığına ne kadar hazır olduğundan emin değilsen, sistem seni emin oluncaya dek bekler.

İyi ki sistemin bir güvenlik önlemi var. Aksi halde insanlar taşıyıp taşıyamayacaklarından emin olmadıkları deneyimleri yaşamak zorunda kalırdı ki işler çok daha acıklı bir hal alırdı o zaman.

Dualarının karşılıksız kaldığını düşünüyorsan durup ne istediğine bir daha bak. İstediğin şeyden emin misin? Emin olduğun şeyi deneyimleyebilirsin sadece.

Bir şair demiş ki: "Allahım sen hep lütfediyorsun, biz bazısını kahır zannediyoruz."

Dualarına cevap alamadığında ümitsizliğe kapılma. İstediğin şeylerin hemen şimdi olmaması seni korumaya yöneliktir ve tamamen yararınadır.

Duaların gerçekleşmesi kadar, gerçekleşmemesinin de bir hayra ve faydaya yönelik olduğunu unutma.

Doktorun hastasına ilaç vermemiş olması ona kötülük ettiği, önemsemediği, onunla ilgilenmediği anlamına gelmez. Kullanacağı ilaçla zarar göreceğini düşünmüş, acı çekiyor bile olsa ilaçsız bir iyileşmenin daha iyi olacağına kanaat getirmiş olabilir ama değil mi?

Hiçbir şey göründüğü gibi değildir.

Perdenin arkasını da doğru okumak lazım.

Olan kadar, olmayanın da değerini bilmeli ve şükretmeli.

"İstediğin bir şey olursa
bir hayır
Olmuyorsa
bin hayır ara."
Mevlana

NEY SESİNİ NEDEN "DİNLE"MELİSİN

Mevlana'nın *Mesnevi*'si "Dinle!" diye başlar.

Dinle...

"Dinleyeyim ama neyi?" diyorsun değil mi?

Cevap sorunun içinde...

"Dinle, neyi dinle..."

Mevlana'nın tasavvuf öğretisinde "ney" neden bu kadar önemlidir düşündün mü hiç?

Ben Ney'im adlı ilk kitabımda neyin öyküsünü uzun uzadıya kaleme almıştım. Sulak alanlarda yetişen bir kamış parçasının, uzun ve çileli bir yolculuktan sonra kalpleri titreten içli bir neye dönüşmesinin hikâyesinde yatan sırları ve öğretileri yazmıştım.

Kamışın sulak alandaki yemyeşil, faydasız, bomboş haliyle, sararmış, dinlenmiş, yanmış, oyulmuş, delinmiş hali arasındaki dönüşümün, aslında insanoğlunun da bir halden türlü hallere geçişinin, kemale erişinin, bir halden başka bir halde nasıl doğduğunun bir yansıması olduğundan söz etmiştim.

Mesnevi "Dinle!" diye başlarken, aslında "ney"i dinle ki hikâyesi sana ilham versin diye seslenir.

"Dinle" sözü Farsçada "bişnev" diye yazılır. "B" harfiyle başlar. Kuran-ı Kerim'deki bütün sureler de aynı şekilde "b" harfiyle başlar. Yani hepsinin önünde "Bismillah" vardır. Besmelenin olmadığı tek sure Tevbe Suresi'dir ki o da "Beratun" diye başlar... Önünde yine bir "b" harfi durur.

Peki nedir "b"nin sırrı?

Neden Mevlana da "b" harfiyle başlar *Mesnevi*'ye?

Sufiler, "Kâinatın sırrı Kuran'dadır. Kuran'ın sırrı Fatiha'dadır. Fatiha'nın sırrı başındaki besmeleddedir. Besmelenin sırrı, b harfindedir. B harfinin sırrı da, b'nin altındaki noktadadır" derler.

Arapça b harfi şu şekilde yazılır: ب

B'nin altındaki nokta neyi anlatır?

Neden o büyük sır, bu küçük noktanın içindedir?

Bugün biliyoruz ki, evren de nokta kadar küçücük bir atomdan oluştu. Bilimadamları içerisinde bulunduğumuz evrenin ilk başta küçük bir tekillikten ibaret olduğunu ve bugüne kadar genişlediğini, dolayısıyla her şeyin birbiri ile bağlantılı olduğunu söylerler.

Sufiler de aynı şekilde her şeyin Allah'tan geldiğini, Allah'ın bir parçası olduğunu, O'ndan geldiğimizi ve yine O'na döneceğimizi söylerler.

B'nin altındaki o nokta da hepimizin birbiriyle ayrılmaz bir bütün olduğunu ve o bütünü keşfetmemiz gerektiğini hatırlatır.

"İlim bir nokta idi, cahiller onu çoğalttı."

Hz. Ali

Noktadaki bilgiyi, sırrı ve derinliği anladığımızda, şimdiye kadar kitapta kaleme aldığım ve dilimin döndüğünce, kalemimin elverdiğince anlatmaya çalıştığım teslimiyeti de, tevekkülü de bütünüyle anlamış olacağız.

Sufilerin "vahdeti vücut" dediği, Allah'la bütün olmak deneyimi, b'nin altındaki o noktanın gizemini keşfetmektir.

Mesnevi "dinle" diye başlar, Kuran, yani ilk vahiy ise "oku" diye başlar.

Hz. Muhammed'e gelen ilk vahyin "Oku!" diye başlaması çok anlamlıdır.

Okumaktan kastedilenin ne olduğu sufiler açısından çok önemli bir konudur. Oku vahyine pek çok açıdan bakıp değerlendirirler.

Sadece yazanı okumak değildir ilk emir. Doğayı okumak, insanı okumak, kâinatı okumak, kendini okumak, ilişkileri okumak, olanı okumak da emrin içindedir.

Doğayı Okumak

"Seviyorum" demek sevmek için kâfi midir?

Allah'ı sevmek, bunu ifade etmekle sınırlı kalabilir mi?

"Seviyorum" sözünün içine sığacak kadar mıdır Allah sevgisi?

Bunu durup düşünmekte fayda var derim çünkü biraz önce bahsettiğimiz duaların gerçekleşmesi ve gerçekleşmemesi konusuyla da bağlantısı var.

Çünkü "Allah'ı seviyorum" diyen bir insan doğaya zarar veriyorsa, komşusu açken kendi tok yatıyorsa, kimseye yardım eli uzanmıyorsa, dili tatlı değilse, düşmanlık ediyorsa, ağzında şükür yoksa, gözleri öfkeyle bakıyorsa, mal istifliyorsa, yalan söylüyorsa sence sevgisinden ne kadar emindir? Duasına ne zaman karşılık verilir?

Birine "Seni seviyorum" demek için zamana ihtiyaç duyarız değil mi?

Onu tanımak isteriz, iyi huyunu kötü huyunu bilmek isteriz, becerilerini, yeteneklerini, karakterini, insanlığını yoklarız, gözden geçiririz. Buna göre "Seni seviyorum" demeye karar veririz çünkü içeriden onu onaylamışızdır.

Peki Allah'ı nasıl tanıyacağız?

Tabii ki yarattıklarını okuyarak...

Doğaya baktığında her zerrede Allah'ı görür, onu tanırsın. Kuşun kanadında, toprağın kırıntısında, ağacın yaprağında, tohumun kabuğunda, böceğin ayağında, çiçeğin kokusunda, hayvanların renginde, denizin tuzunda her yerde ama her yerde Allah'ı okursun.

Taşı delen tohuma baktığında, bal yapan arıları gördüğünde, ağırlığının elli katı yükü sırtında taşıyan karıncaları izlediğinde Allah'ı okursun. Doğanın eşsiz dengesinde, uyumunda, kusursuzluğunda, işleyişinde mucizevi bir yaratım vardır.

Arıcılıkla uğraşmaya başlayan bir dostum, arıların yaşamını yakından incelediğinde "Allah'ın muhteşem sanatını gördüm ve Allah'a âşık oldum" demişti.

Kâinatı Okumak

"Allahüekber..."

Yani *Allah büyüktür...*

Büyüklüğünün okumasını yapmak mümkün müdür?

O'nun büyüklüğünü okumak için kâinatı okumaya başlamak gerekir. Belki bir karınca adımı kadar yol almak mümkün olabilir. Kâinatı okuyarak Allah'ın büyüklüğünü anlamak yolunda sadece bir karınca adımı kadar yol alınabilir.

Bilimadamları, günümüzde bile kâinatın büyüklüğünü hesaplayamıyorlar. Öylesine büyük ki, "sonsuz" diyerek konuyu kapatmak zorunda kalıyorlar.

Sahile gittiğinde avucuna biraz kum al. Sonra kumun içinden bir tanecik kum tanesi almaya çalış. Zor olacak ama dene. İşte o minicik kum tanesi var ya, işte o sonsuz dedikleri kâinatta Samanyolu Galaksisi'nin büyüklüğü...

Şimdi aynı sahilin Samanyolu Galaksisi olduğunu düşün. Elindeki o minicik kum tanesi var ya. İşte o da dünyanın görünen büyüklüğü...

Kâinatın büyüklüğünü tahayyül edebiliyor musun?

Yine de zor değil mi?

Haklısın...

Kâinatı okudukça, "Allahüekber" derken içinde oluşan aşkın da okumasını yapmaya başlıyor olacaksın.

Kendini Okumak

"Kendini bilen Rabb'ini bilir" der sufiler.

İnsan kendini okudukça, onun bir parçası olduğunun idrakine varma yolunda önemli adımlar atmış olur.

Hz. Ali "Koskoca âlem içine yerleştirilmiş, sen kendini hâlâ küçük bir şey mi zannediyorsun?" derken, insanın kendini okumasının önemine dikkat çeker aslında. İnsan, bütüne ait bir parça olduğunu okumaya başladığında, dünya üzerindeki varlığına da anlam vermeye başlar. Buraya boş yere gelmedik, boş yere de gitmeyeceğiz.

"İlim ilim bilmektir

İlim kendini bilmektir

Sen kendini bilmezsen

Bu nice okumaktır?"

Yunus Emre

Kendini bilen insan, her şeyi bilir.

Kendini tanıyan herkesi tanır.

Kendini okuyan, hatalarını da görüp onarır. Kendini okumayan, hatalarıyla, âcizliğiyle körelmeye yüz tutar. İşte dünya üzerinde cehennemi yaşamak da budur. Var olamadan, potansiyelini açığa çıkaramadan, kim olduğunu ve neden burada olduğunu okuyamadan sona ermiş kör bir hayatı, cehennemi tecrübe etmiş bir hayattır. Sevmeden, büyümeden, olgunlaşmadan, paylaşmadan, sakinleşmeden, kemale ermeden geçip gitmiş bir cehennem deneyimi...

Kendini okuyamayan "Ben oldum" sanır. Her şeyi bildiğini düşünür. "Oldum demenin öldüm demekle aynı olduğunu bilmez." Kendini okuyan, Yaradan'ı uzakta aramaz. O'nun kendinde olduğunu bilir.

"Kızıllık nardadır, sacda değildir

Dervişlik baştadır, tacda değildir

Her ne ararsan kendinde ara

Kudüs'te Mekke'de hacda değildir."

Hacı Bektaş Veli

Kendini okuyan kişi aynı zamanda kendini bilen, kendinde Yaradan'ı görebilen kişidir.

İyi Bir Okuyucu Olmak!

Gördüğün gibi "oku" kelimesi okyanuslardan derin bir mevzu...

İçeriği zengin, anlamı büyük...

Baktığın, duyduğun, hissettiğin her şeyi okuyabilecek olgunluğa erişmeni dilerim.

Gözünün değdiği, kulağının işittiği, kalbinin hissettiği her şeye durup bak. Sana ne söylediğini anla. Yaradan seninle her an konuşuyor. Uykunda rüyalarına da bak. Rüyalarını da oku. Sembollerin ne anlama geldiğini değil, sende uyandırdığı hisleri oku, zihninde araladığı kapılara bak, kalbindeki açılımlara odaklan. Rüyaların bile Yaradan'ın seninle özel olarak kurduğu bir iletişim aracıdır. Bu yüzden rüyalarını da önemse. Not al. Bu işin ilmini bilenle istişare et.

Kendini her yerde oku.

İlişkilerinde, eşyalarında, kullandığın sözlerde, hareketlerinde, davranış şekillerinde oku kendini. Ne yapıyorsun, nasıl davranıyorsun, hangi kelimelerle konuşuyorsun, kime ne hissettiriyorsun bak ve kendinle yeniden tanış.

Sen okumaya devam ettikçe, manaları bir bir açılacaktır.

DOST ACI SÖYLEYEN DEĞİLDİR

"Dost, acı söyleyen değildir, acıyı tatlı söyleyebilendir."

Mevlana

Patavatsızlıkla açıksözlülük arasında çok ince bir çizgi vardır. İkisi çoğu zaman birbirine karıştırılır. Çok insan patavatsızlığına açıksözlülük kılıfı uydurmuştur ve ağzına geleni bu savunmanın arkasına gizlenerek rahatlıkla söyleyebilir.

"Kızma bana çünkü ben açıksözlü dürüst biriyimdir" açıklamasına ihtiyaç duyanlar çoğunlukla diliyle insanları kıranlar, yaralayanlar, acıtanlar ve bundan gizliden gizliye haz alanlardır. Sözde kırmaktan çok çekinirler, yıkıcı olmaktan imtina ederler ama huyları kurusun ki pek dürüst, pek açıksözlüdürler. Oysa yaptıkları tek şey sadece patavatsızlıktır.

Açıksözlülükle patavatsızlık arasındaki en belirleyici fark "niyet"tir. Niyeti iyi olanın ağzından yakıcı, acıtıcı, sarsıcı, kötü sözler çıkmaz. Çünkü niyeti iyi olan acıyı tatlı şekilde söylemenin yolunu bilir. Onun rehberi kalbidir zira. Nasıl konuşması gerektiğinin bilgisini kalbi fısıldar kulağına. Seçtiği kelimeler, kurduğu cümleler tıpkı iyi niyeti gibi temiz, saf ve yapıcıdır. İkaz amaçlı bile olsa kimseye acı gelmez. Lakin bazılarının selamı bile fena halde batar insana. "Bugün çok iyi görünüyorsun" dediklerinde bile kırıcı, incitici, imalı bir etki bırakırlar. Kötü hissettirirler. Can yakarlar. Sadece selam vererek bile acıtırlar çünkü niyetleri iyi değildir. Zaten içten içe amaçları da iyi niyetli gibi görünen olumlu sözler aracılığıyla olumsuz enerjilerini aktarmaktır.

Kalpte olan daima dışarıya yansır.

Doğruyu söylemek çok değerlidir, lakin doğruyu acıtmadan söyleyebilmek daha da değerlidir.

Konuyla ilgili çok sevdiğim bir hikâye vardır.

Padişahın güzelliği dillere destan beyaz bir atı varmış. Padişah, beyaz atını çok severmiş ve gezilere muhakkak onunla çıkarmış. Atına duyduğu sevgi öylesine büyükmüş ki günün birinde maiyetine atıyla ilgili ölüm haberi getirenin kellesini vurduracağını söylemiş.

"Bu at benim için çok değerlidir" demiş. "Bana onun ölüm haberini getireni zinhar affetmem. Herkes çok dikkatli olsun. Zira atımın ölüm haberi beni kahreder."

Gel zaman git zaman beyaz at yaş aldıkça rahatsızlanmış ve sonunda eceli gelince ölüp gitmiş. Padişahın adamlarını büyük bir korku sarmış. Atın öldüğü haberini verenin kellesinin uçurulacağını duymayan, bilmeyen kalmamıştır artık.

Kimse padişaha bu kötü haberi vermeye cesaret edememiş. Nihayet seyis başı bu görevi üstlenmek zorunda kalmış ve padişahın huzuruna çıkarak, "Padişahım..." demiş. "Sizin beyaz atınız var ya!"

"Evet" demiş padişah heyecanla. "Ne olmuş ona?"

"Atınız yatmış hünkârım" demiş seyis başı. "Ayaklarını dikmiş, gözlerini kapamış, karnı şişmiş, hiç nefes almıyor artık."

Padişahı büyük bir keder sarmış. "Seyis başı, seyis başı!" demiş. "Desene, bizim beyaz at öldü!"

"Aman hünkârım!" demiş seyis başı. "Ben öyle demedim, siz dediniz..."

Seyis başı böylece idam edilmekten kurtulmuş.

Bu Acıyı bile tatlı yoldan ve kimseyi incitmeden ifade etmek mümkün... Yeter ki bu konudaki iyi niyetler içten ve samimi olsun.

Ucuz, basit, sıradan kelimelerle sırça köşkler tuzla buz olabilir, gönüller kırılabilir, güçlükle inşa edilen güvenler bir anda yıkılabilir. Emekle inşa edilmiş değerlerin basit kelimeler yüzünden yerle bir olmasına izin vermemeli, konuşurken özenmeli, dikkatli, iyi niyetli, tatlı dilli ve nahif olabilmeli...

"Zannetme ki şöyle böyle bir söz

Gel sen dahi söyle böyle bir söz."

Ş. Galip

OLDUĞUN HALİNLE GÜZELSİN

İnsanın olduğu haliyle kendini kabul edebilmesi kıymetli bir olgunluktur, takdire değer bir bilgeliktir. Kendini geliştirmek, büyümek, kemale ermek, deneyimlerle olgunlaşmak ne kadar paha biçilemez, önemli bir dönüşümse kişinin olduğu halinden memnun olmayıp kendini inkâr etmesi de bir o kadar yıkıcı ve yok edicidir.

Dönüşmek, olgunlaşmak başka şeydir, varlığı reddetmek, yok etmek başka... İnsanın kendini hallerden hale taşıması hem yorucu bir uğraştır hem boşuna bir çabadır ki her şey eninde sonunda aslına geri döner.

Olduğun halini kabullenerek kendini geliştirmeye devam etmek şu hayat yolculuğunda kendi adına yapabileceğin en değerli seçimdir.

Eski zamanlarda uzak bir ülkede geçimini dağdan yonttuğu mermerleri işleyerek sağlayan bir mermer ustası yaşarmış. Usta, kızgın güneşin altında mermer yontmaktan yorgun düşmüş bir halde kendi kendine söylenir dururmuş.

"Bıktım bu hayattan" dermiş ikide bir. "Sürekli mermer yontmaktan, ölesiye çalışmaktan bıktım... Dağ büyük, bense küçüğüm. Ah Tanrım! Ne kadar da güçsüzüm... Üstelik bir de bu güneş, hep bu yakıcı güneş... Ah! Onun yerinde olmayı ne çok isterdim, orada yükseklerde her şeye hâkim olur, ışığımla dünyayı aydınlatırdım."

Mermer ustası yine günün birinde bu şekilde söylenirken bir mucize gerçekleşmiş ve ustanın dileği kabul olmuş. Usta oracıkta güneşe dönüşmüş ve gökyüzünde parlamaya başlamış. Dileği kabul edildiği için çok mutluymuş. Güçlü ışığını etrafa yaymaya hazırlanırken bir de bakmış ki kara bulutlar ışığını engelliyor.

Mermer ustası öfkelenmiş.

"Şu sıradan bulutlar benim ışığımı engelleyebilecek kadar güçlülerse, benim güneş olmam neye yarar?" demiş. "Mademki bulutlar güneşten daha kudretli, o halde ben bulut olmayı tercih ederim."

Mucize bu ya... Yeni dileği de hemen o anda gerçekleşivermiş ve mermer ustası güneşten, buluta dönüşüvermiş. Gönlünce yağmurlar yağdırmaya başlamış.

Bulut halinden memnun bir şekilde yağmur yağdırmaya devam ederken birden rüzgâr çıkmış ve bulutları dağıtmış. Bulut öfkeyle ve üzüntüyle söylenmeye başlamış yine:

"Bir rüzgâr bile beni dağıtmaya, orada oraya sürüklemeye yettiğine göre, bulut olmamın anlamı ne ki? Demek rüzgâr daha güçlü... Ben de o halde rüzgâr olmak isterim."

Bunun üzerine yeni dileği de kabul olmuş ve mermer ustası buluttan rüzgâra dönüşmüş bu kez. Dört bir yanda esip durmuş. Kasırgalar çıkarmış. Fakat birdenbire önünde kocaman bir dağ belirmiş. Rüzgâr dağı geçememiş ve oracıkta kalakalmış. Hayal kırıklığı içinde yine söylenmeye başlamış:

"Altı üstü hareketsiz bir dağ bile beni durdurmayı başardı. O halde rüzgâr olmam neye yarar? Ben en iyisi dağ olayım" demiş ve bu isteği de hemen o an gerçek olmuş. Mermer ustası bu kez ulu bir dağa dönüşmüş. Fakat bu sırada bir şeyin kendisine durmaksızın vurduğunu hissetmiş. Dağdan parçalar koparılıp alınıyormuş. Dağ bunu yapanın kim olduğunu merak edip bakmış. Bir de ne görsün, bir mermer ustası dağı oyuyormuş.

Sen olduğun halinle güzelsin, bunu fark et ve gelişmeye devam et!...

DERMAN DERDİN İÇİNDEDİR, GÖRMÜYORSUN!

"Derdin kendindendir bilmiyorsun, derman yine sendedir görmüyorsun."

Hz. Ali

Harekete geçmek, motive olmak, başarmak, bir şeye başlamak ya da bir şeyi sonlandırmak için cebinde seni bekleyen ve sana güven ve cesaret veren bir güce ihtiyaç duyuyorsan, muhtemelen sen de "garantici" insanlardansındır.

Garanticilik, hareket alanını daraltan, cesareti törpüleyen ve gücün bütünüyle açığa çıkmasını engelleyen, genellikle özgüven eksikliğinden kaynaklanan bir sonuçtur.

"Yurtdışında yaşayacağım ama geri dönüş garantisi olursa."

"İlişkimi sonlandırmak istiyorum ama beni sevecek, yalnız bırakmayacak yeni bir ilişkinin garantisi varsa..."

"Ailemin desteği olsaydı, o işi çoktan başarmıştım."

"Beklediğim olumlu yanıt gelseydi hemen bir dil kursuna yazılacaktım ama gelmedi..."

"O evi alacaktım ama başka bir iş için paraya ihtiyacım olabileceğini düşününce vazgeçtim..."

Bütün bu kaygıların temelinde kontrolcülük arzusu yatıyor çünkü hayata, sisteme, akışa ve kendine güveni olmayanlar yaşamın kıyısında köşesinde hep birtakım koşulları garantileme ihtiyacı hissederler. Garantileyerek, kontrol etmek çabası içine girerler.

Ailesini, işini, ilişkisini, koşulları, her şeyi ama her şeyi denetim altında tutarak mümkünse bütün sürprizleri, akla gelmeyen olasılıkları minimum düzeye indirmek gayreti içinde olurlar. Çünkü beklenmedik olan tehlikelidir onlar için. Sürprizler risklidir. Zor da olsa alıştığı düzen, her şeyden daha güvenli gelir. Yeni olana cesareti yoktur. Beklenmedik olasılıklara kapalıdır çünkü potansiyelinin farkında değildir ve beklenmedik olanı nasıl yöneteceğini bilemez.

Hayat olduğu gibi aksın istemez. Kendi kontrol edebildiği gibi aksın ister. Oysa hayatta hiçbir şeyin kontrolü elimizde değildir. Bedenindeki kasları bile kendin hareket ettiriyorsun sanıyorsun ama kendinle ilgili şeyler bile senin kontrolünde değil. Gözlerinin rengini değiştirebilir misin? Hayır... Mide kaslarını yavaşlatabilir misin? Beyninde bir pıhtı attığında artık hareket ettirebildiğin el, kol, bacak kasların seni dinlemeye devam eder mi?

Aslında kontrolü sendeymiş gibi görünen şeyler bile tamamen senin dışında. Bu evrenin, bu sistemin, bu yaşam düzeninin bir akışkanlığı var. Kâinatın senin dışında bir organizatörü var.

Hayatın en güzel yanı hiçbir şeyin garantisinin olmaması...

Fırsata çevrilmesi gereken en değerli ödüllerden biri bu...

Kendini gerçekleştirmek için, kontrol edebileceğin birtakım garantilere ihtiyacın yok. Güvenmen gereken cebindekiler değil, hayatın milyonlarca yıldır akıp giden iç dinamiği...

Hayata güvendiğinde, o da sana güvendiğini göstermek isteyecektir. Sen hayata sürprizler yapması için fırsat verdiğinde o da aynı fırsatları sunacaktır.

Seminerlerimde anlatmayı çok sevdiğim bir hikâye vardır. Yeri gelmişken sana da garantici bir adamın hikâyesini anlatmak isterim.

Genç işadamı, işleri ters gitmeye başladığında çok bocalar. Çekleri karşılıksızdır, ortakları güvensizlik içindedir, ödemeler yapılamıyordur, beklenen paralar gelmiyordur, yeni girişimler yapılamıyordur, çözüm yolları tükenmiştir ve artık iflasın kapısına gelip dayanılmıştır. Kendini çaresiz ve yenilmiş hisseden adam, parkta dalgın bir halde tek başına otururken durumunu fark eden yaşlı bir adam yaklaşır yanına.

"Çok dalgın görünüyorsun" der. "Saatlerdir aynı yere bakıp duruyorsun. Gözünü bile kırpmadın. Neyin var?"

"Bittim ben" der işadamı. "Mahvoldum. Koskoca işi batırdım. Başarısız oldum. Cebimde beş para kalmadı. İflas ettim. Kurtulma şansım yok."

"Seni anlıyorum" der yaşlı adam. "Kabul edersen yardımcı olabilirim."

Yaşlı adam ceketinin cebinden çıkardığı çek defterinin üzerine bir şeyler karalar ve işadamına uzatır.

"Al bunu" der. "İşlerini kurtarman için sana destek olsun. Bir yıl sonra, yine bu saatlerde, burada buluşuruz. Bana olan borcunu ödersin."

İşadamı şaşkındır. Çeki alır ve bir yıl sonra bu saatlerde bu parkta buluşmak üzere sözleşerek ayrılırlar.

İşadamı artık kendini güvende hissediyordur. Çekin üzerinde yüz bin dolar yazıyordur. Bu onun için önemli bir güven kaynağıdır ama yine de çeki bozdurmak istemez. Çeki kasaya kilitleyip acil bir durum karşısında kullanmaya karar verir. Hem başaramayacak olursa seneye yaşlı adama olan borcunu ödeyememekten korkar. Yine de beklenmedik gelişmeler karşısında kendini güvende hissedeceği bir paraya sahip olmak ona cesaret verir. Risk almayı göze alır. İşlerini yeniden toparlar. Yeni görüşmeler yapar, yeni anlaşmalar imzalar, farklı sektörlerde yeni girişimlere yönelir ve bir yıl içinde işleri eskisinden çok daha iyi olur. Hayat yine düzene girmiştir işadamı için. İflasın eşiğinden kurtardığı şirketi, kısa zamanda yükselmiş, büyük kazanç elde etmiştir. Üstelik yaşlı adamın çeki hâlâ kasada duruyordur. O paranın varlığıyla duyduğu güven her şeye yeniden başlamasına destek olmuştur.

Yaşlı adamla sözleştikleri gibi bir yıl sonra o parka elinde yüz bin dolarlık çekle gider işadamı. Çok geçmeden yaşlı adam görünür. İşadamı ayağa kalkar ve el sallayarak onu bulunduğu banka davet eder. Yaşlı adam selamlayarak işadamına yaklaşır. Tam el sıkışacakları sırada genç bir kadın gelip aralarına girer. Yaşlı adamı kolundan çekerek uzaklaştırır. İşadamına dönüp "Kusura bakmayın lütfen" der. "Ben bu yaşlı beyefendinin hemşiresiyim. Kendisi sürekli huzurevinden kaçıp durur. Onu takip etmek giderek zorlaşıyor. Ah bir de zengin olduğunu söyleyip herkese sahte çekler yazması yok mu? İnanın çocuk gibi..."

İşadamı duyduklarına inanamamıştır. Elindeki çeke bakar şaşkınlıkla... Evirip çevirip sağını solunu inceler. Üzerinde yüz bin dolar yazıyordur ama gerçek bir çek değildir. Bütün bir yıl boyunca kasada bekleyen ve ona yeni işler yapma cesareti veren o para hiç olmamıştır aslında. Elinde zor durumlarda kullanmak üzere bekleyen yüz bin dolarına inanarak yeni işler almış, yeni girişimlerde bulunmuş ve işlerini yeniden yapılandırmıştır. Ancak şimdi görüyordur ki başarısının altında yatan güç, kasada beklediğini sandığı para değil, hayatının akışını değiştiren şey kendinde bulduğu güven ve yeniden başlama cesareti...

"Koskoca âlem içine yerleştirilmiş, sen hâlâ kendini küçük bir şey mi zannediyorsun?"

Hz. Ali

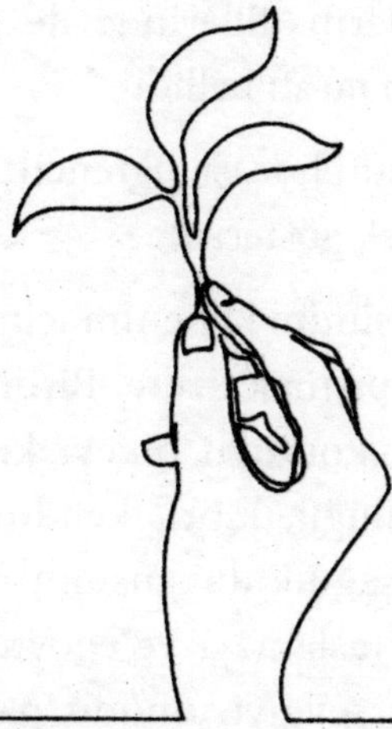

TARİHİ ALLAH YAZAR, BİZ SADECE TARAFIMIZI SEÇERİZ

"Kâinat her daim dengededir. Gece ve gündüz gibi. Bu dünyadan giden her hırsız için bir hırsız daha doğar. Ölen her dürüst insanın yerini bir dürüst insan alır. Hem bütün hiçbir zaman bozulmaz. Ölen her sufi için bir sufi daha doğar."

Şems-i Tebrizi

Yeryüzünde yaşam devam ettiği sürece iyilik de, kötülük de daima var olacak. Yokluk, varlığın değerini gösterecek. Düşmek, ayağa kalkıp yeniden yürümeyi kıymetli kılacak. Yalan, riya, ihanet, hırsızlık, haksızlık, hayal bu şekilde yaşamaya devam edecek.

Mesele kötülükleri yok etmek değil, iyiyi seçen taraf olmak. Yokluğu yok etmek yerine, varlığı kutsamak...

Şikâyet etmek yerine olmasını istediğin şeyleri besle.

Sufilerin dillerinde de gönüllerinde de şikâyet yoktur. Onların tarafı bellidir.

Bir sufi hocası, öğrencilerine eğitim verirken onlara şöyle bir örnek gösterir:

"Düşünün ki benim içinde büyük bir savaş var" der. "İki kurt kapışmak üzere. Birbirlerini parçalayacaklar. Kurtlardan biri korkuyu, öfkeyi, kıskançlığı, üzüntüyü, pişmanlığı, açgözlülüğü, kibri, kendine acımayı, suçluluğu, küskünlüğü, aşağılık duygusunu, yalanları, yapmacık gururu, üstünlük taslamayı ve egoyu temsil ediyor. Diğeriyse zevki, huzuru, sevgiyi, umudu, paylaşmayı, cömertliği, dinginliği, alçakgönüllülüğü, nezaketi, yardımseverliği, dostluğu, anlayışı, merhameti ve inancı temsil ediyor. Aynı savaş aslında sizlerin de içinde var. İki kurt hep karşı karşıya... İyi olan ve kötü olan..."

Sufi öğrenciler ellerini kalplerinin üzerine koyarlar ve gözlerini kapayarak içlerinde kapışmak üzere bekleyen kurtları düşünmeye başlarlar. Herkes sessizdir. Kimse ne olacağını bilmez ama içlerinden biri dayanamayıp hocasına sorar:

"Hocam, peki bu savaştan hangi kurt galip çıkacak?"

"Sen hangisini beslersen, o kazanacak çocuğum" der hoca da.

İyi kurdun kazanması için kötü olanın yok olmasını bekleme. Çünkü o da hep var olmaya devam edecek. Sen yeter ki tarafını seç ve içindeki iyiye emek ver. Çaban, gayretin, mücadelen iyi olanı kuvvetlendirmek olmalı, kötü tarafla savaşmak ya da çatışmak değil. Kötüyü yok etme mücadelesine girmek seni iyi yapmaz. İyi olanı seçtiğinde dünyanın iyiliği için çok büyük ve güçlü bir adım atmış olursun.

Zıtlıklar Her Daim Var Olacaktır

Zıtlıklar olmayınca dünya da var olamaz. Cahil de olmalı, âlim de. Âlim cahilin işini yapamaz, cahil âlimin. Sıcağın görevi başkadır, soğuğun görevi başkadır. İkisi de birbirinin yerini tutamaz. Aynı gece ve gündüzün birbirinin yerini tutamayacağı gibi. Bir bilgenin dediği gibi:

Tek kanatla uçulmaz.
Uçmak için
iki kanadın olması gerekir.
Zıtlıklar da böyledir,
bize farklı görünürler ama
yine onlardır bizi yükselten.

Zıtlıkları kabul et ve nerede duracağını seç.

BEDEN YEDİKÇE DOYAR, RUH İSE VERDİKÇE

Âlimler ilmin de bir zekâtı olduğunu söylerler.

Peki nedir zekât?

Kazandığını, ihtiyaç sahipleriyle paylaşmaktır kısaca.

İlim de önemli bir kazanımdır. Hatta çok zaman maldan mülkten çok daha kıymetli bir servettir. Elbette ihtiyaç sahipleriyle paylaşılması yerindedir.

Paylaşılan şey büyür, çoğalır, artar ve yayılır. Fayda beraberinde faydayı doğurur. Bilgide ve ilimde cimrilik etmek, parada cimrilik etmekten daha büyük bir yokluk enerjisi yaratır. Oysa ilim de, verdikçe artan bir zenginliktir. İnsanın ruhsal doyumu, deneyimini ve bilgisini başkalarının yararına paylaşmasıyla çok ilgilidir. Nasıl ki beden yedikçe ve aldıkça doyuyorsa, ruh da verdikçe ve paylaştıkça genişler.

Konuyla ilgili anlatmayı çok sevdiğim bir hikâye vardır. Zengin bir adam, artık günlerinin sayılı olduğunu öğrenince üç oğlunu da yanı başına toplar ve vasiyetini açıklamak ister.

"Ben artık çok yaşlandım evlatlarım" der. "Bundan sonra şirket size emanet. Ancak işlerin başına sadece bir kişi geçebilecek. Bunun kim olacağına karar vermem çok zor. Sizi sınamak zorundayım ki doğru bir karar verebileyim. O yüzden şimdi üçünüze de yüzer lira vereceğim. Bu parayla öyle bir şey alın ki akşam bu odada buluştuğumuzda odayı bir uçtan diğer uca doldursun. Yüz lirayla odayı doldurabileni işin başına geçireceğim."

Çocuklar ceplerinde yüzer lirayla ayrılırlar babalarının yanından. Akşam geri döndüklerinde hepsinin yanında bir şeyler vardır.

Hasta adam merakla bekliyordur. "Evlatlarım" der. "Yüz lirayla ne yaptınız, ne aldınız, odayı nasıl dolduracaksınız, gösterin."

Büyük oğlu ayağa kalkar ve "Ben bir arkadaşımın çiftliğine gittim" der. "Yüz lirayla ondan iki balya saman aldım."

Dışarı çıkıp kapının önüne bıraktığı samanları alır ve odaya taşır. Samanları açıp havaya savurmaya başlar. Oda bir anda samanla kaplanıverir. Ancak bir uçtan diğer uca dolmaz. Bunun için daha çok zaman balyası gerekir ancak yüz lirayla bu kadarını alabilmiştir.

Hasta adam, bunun üzerine ortanca oğluna bakarak "Peki oğlum, sen paranla ne yaptın?" diye sorar.

Bu kez ortanca oğlu ayağa kalkar ve "Ben yorgancıya gittim babacığım" der. "Yorgancıdan yüz liralık kuş tüyü aldım."

Arkasından ortanca oğul da dışarı çıkıp kapının önünde bıraktığı çuvalı getirir ve odanın her bir yanına kuş tüyleri saçılıverir. Ancak yine beklenen olmamıştır. Kuş tüyleri ancak yatağın önünü kapatabilmiştir. Ortanca oğlan da odayı bir uçtan diğer uca doldurmayı başaramamıştır.

Sıra küçük oğluna gelmiştir artık. Hasta adam ona bakar ve "Sen paranı ne yaptın?" diye sorar.

"Ben önce bir dükkâna gittim" der küçük oğlu. "Yüz lirayı dükkân sahibine verdim ve ondan parayı bozmasını istedim. Sonra, elli lirayı bir hayır kurumunun kumbarasına bıraktım, kırk lirayla yolda gördüğüm iki muhtaç insana yiyecek aldım. Kalan on lirayla da iki şey aldım."

Küçük oğul, elini cebine atıp bir çakmak ve bir mum çıkarır hemen. Odanın ışığını söndürüp aldığı mumu yakar. Böylece bütün oda aydınlanır.

Yüz liralık saman ve kuş tüyü odayı doldurmaya yetmemiştir ama on liralık küçücük bir mum odanın her bir köşesini ışıkla doldurmuştur.

Hasta adam yüzünde bir memnuniyet ifadesiyle "Seninle gurur duydum" der küçük oğluna. "Benden sonra işlerin başına sen geçeceksin. Çünkü sen ışığını yaymayı öğrenmişsin evlat."

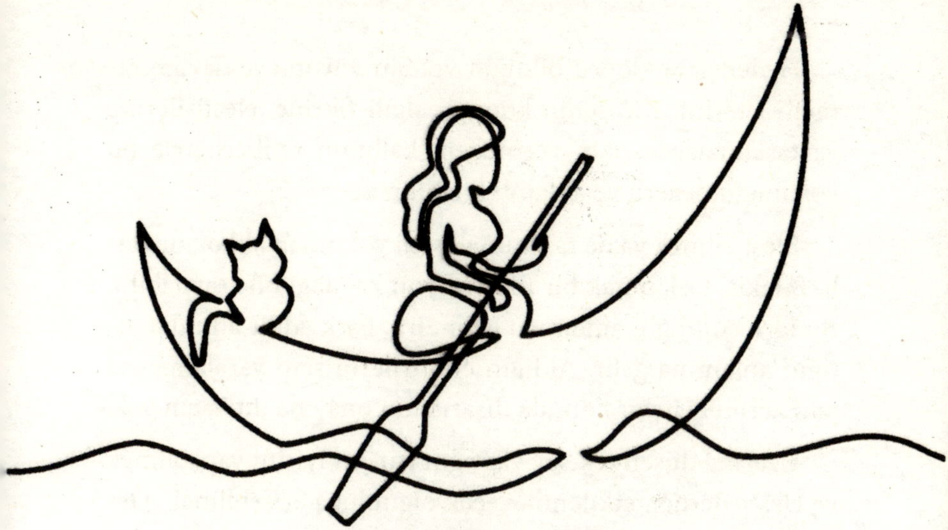

İŞİ BİLEN YAPAR, YAPAMAYAN DA ÇAMUR ATAR. SEN YOLUNA DEVAM ET.

Eleştiriye açık olmak önemli bir karakteristik özelliktir. Güçlü bir mizaç, hoşgörü, ılımlılık ve özgüven gerektirir. Ancak eleştirinin işin ehlinden gelmesi, üstelik de iyi niyetli ve yapıcı bir mantıkla gelmesi önemlidir. Bunu dışındaki her şey yıpratıcı, yıkıcı ve kötü niyetli eleştiriler olacaktır.

İşin en acıklı tarafı kötü niyetli eleştiriler çoklukla eleştirdiği şeyin ne olduğu hakkında bilgi sahibi olmayıp fikir sahibi olanlar tarafından gelir.

Yaptığın işlerde, attığın adımlarda dışarısının onayına kendini bağımlı kılmaman bu yüzden çok önemli.

Başkalarının onayına ihtiyaç duymak, başkalarına senin hakkında olur olmaz yorumlar yapma, yerme ve yargılama fırsatı verir. Bilgi sahibi olmayan insanlara yargılama fırsatı verdiğinde ne kadar acımasız olabileceklerine inanamazsın.

Hedeflerine doğru bildiğin yoldan yürümeye devam etmeni isterim. Kimsenin konuyla ilgili fikrine, eleştirilerine ve taşlamalarına izin vermeden, kalbinin rehberliğiyle bu yolculuğu değerli ve anlamlı kılabilirsin.

Eleştirilmek ya da taşlanmak seni yolundan alıkoymamalı. Bilakis, taşlanmak bir motivasyon kaynağı bile sayılabilir. Bu fark edildiğin anlamına gelir zira. Fark edilir adımlar attığın anlamına gelir. Aldığın eleştirilerin seni yaralamasına izin verme. Hiçbir konuda dışarısının onayına ihtiyacın yok.

Üzerine düşen tek şey yaptığın işin en iyisini yapabilmek ve eleştirilerden etkilenmeyecek olgunluğa erişebilmek. Gerisi keyifli bir yolculuk...

Unutma ki seni anlamayanlar taşlar, yapamayanlar da çamur atar...

Ustalık üzerine anlatılmış çok güzel bir masal vardır. Bunu çok zaman kendime de hatırlatma ihtiyacı duyarım. Sanırım şimdi de sana hatırlatmalıyım.

Uzak diyarların birinde meşhur bir ressam varmış. Resimleri büyük ilgi görürmüş. Aynı zamanda değerli ressamlar da yetiştirirmiş. Yakın zamanda en iyi öğrencilerinden biri daha mezun olmuş ve ustasının yanına gelerek "Yaptığım son resmi de değerlendirin lütfen" demiş.

Usta ressam, öğrencisinin eserine dikkatle ve gururla bakarak "Tamam evlat" demiş. "Sen de artık usta bir ressamsın. Bundan sonra eserlerini ustan değil, halk değerlendirecek. Bu resmi al ve şehrin en kalabalık meydanına götür. Herkesin görebileceği şekilde as ve yanına da kırmızı bir kalem koy. İnsanlar resimde beğenmediği yerleri işaretlesinler ya da notlarını yazıp bıraksınlar."

Öğrenci ustasının bu talebi karşısında şaşkındır ama söyleneni de yapar. Birkaç gün sonra ne görsünler? Öğrencinin meydana bıraktığı tablonun üzeri kıpkırmızı. İşaretlenmemiş bir köşesi dahi yok. Öğrenci çok üzülür tabii. Eserinin her yeri kusurlu bulunmuş ve işaretlenmiştir.

Öğrenci resmi aldığı gibi doğruca ustasına götürür ama yüzünden düşen bin parça...

"Üzülme" der usta ressam. "Resmi yeniden yap."

Öğrenci çaresiz söyleneni yapar. Yeni resmi de ustanın isteği üzerine aynı meydana asar ancak bu kez yanına kırmızı bir kalem bırakmaz. Renkli yağlıboyalar ve fırçalar koyar. Resimde beğenmedikleri yerleri düzeltebileceklerine dair bir de not yazıp bırakır insanlara.

Birkaç gün sonra meydana döndüğünde daha da şaşırır öğrenci. Resmin üzerinde tek bir çizik bile yoktur. Fırçalar da boyalar da hiç kullanılmamıştır.

Öğrenci merak içinde resmi kaptığı yine ustasının yanına koşar ve durumu anlatır.

Usta ressam gülümser. "Gördün mü?" der. "İlk resmin yanına kalem koydun ve kusurlarının işaretlenmesini istedin. İnsanlara fırsat verdiğinde acımasızca eleştirirler. Bilip bilmeden kusurlarını işaret ederler. Gördüğün gibi hayatında bir kez olsun resim yapmamış insanlar gelip senin resmini karaladılar. Oysa ikincisinde onlardan hataları düzeltmelerini istedin, yapıcı olmalarını istedin. Yapıcı olmak bir eğitim, kültür ve görgü işidir evlat. Gördüğün gibi kimse buna cesaret edemedi. O yüzden evlat, mesleğinde usta olman yetmez, bilge de olmalısın. Emeğinin karşılığını senin ne yaptığını bilmeyen insanlardan alamazsın. Seni anlamayan için emeğinin hiçbir değeri yoktur. İşi ancak bilen yapar, az bilen akıl verir, bilmeyen eleştirir, yapamayan da çamur atar. Bunu böyle bil..."

İNSAN KAÇ YAŞINDA İHTİYARLAR?

İnsan beyni sayılarla dolu bir hapishaneye mahkûm edilmiştir ne yazık ki... Her şeyi lineer bir düzlem üzerinde hep sayılarla işaretler. Anılar da sayılarla işaretlenmiş, bilgiler de, duygular da...

"1990 yılıydı, aylardan haziran, herhalde bir perşembe günü..."

İşte beyin arşivinde bir anıyı ancak bu şekilde aramak mümkün. Resimlerin arkasına günün tarihini atma ihtiyacının da temelinde o anıyı işaretlemek isteği yatar. Çünkü hatırlamak için sayısal veriler gerekiyor.

Birinin yaşını öğrenmek ya da tahmin etmek çok önemli. Çünkü verilecek olan tepkiler de, kişiyle ilgili oluşacak duygular da yaşa göre şekillenecektir değil mi?

Saatler de çok önemli keza. Keyifle geçirilmiş mutlu anlarda saate bakarak "Eyvahlar olsun saat çok geç olmuş!" diyerek yaşanan keyfi de, güzel hisleri de boğazına dizen çok insan görmüşümdür.

Hayallerine bakarak "Bunun için henüz çok gencim" diyeni de var, "Bunun için artık çok yaşlıyım" diyeni de...

Oysa sayılar hapishanesinin dışında kocaman bir his ve güç alanı var.

Bir şair şöyle demiş:

"Yaşlılık ne saçın ağarması

Ne de belin bükülmesiymiş.

İnsanın hayat gayesinin bitmesi

Umudunun tükenmesiymiş..."

Sayılar yanıltıcıdır. Bu hapishaneden özgürleşmek gerekir. Çünkü er ya da geç yoktur. Bu tamamen zihinsel bir yanılsamadır. Bir şeyin olması ya da olmaması, gerçekleşmesi ya da gerçekleşmemesi insanın yaşına, saatin kaç olduğuna, takvimlerin hangi günü gösterdiğine bağlı değildir. Mesela Kristof Kolomb, Amerika Kıtası'nı keşfe çıktığında elli yaşını geçmişti.

Pasteur yüz binlerce insanın hayatını kurtaracak olan kuduz aşısını bulduğunda altmış yaşını aşmıştı.

Mimar Sinan, Süleymaniye Camii'ni bitirdiğinde yetmişinden fazlaydı. Selimiye Camii'ni tamamladığında ise seksen altı olmuştu...

Galileo, Ay'ın günlük ve aylık çizimlerini yaparken yetmiş üç yaşındaydı... Charlie Chaplin, yetmiş altı yaşında film yönetmenliği yaparak hâlâ işinin başındaydı... Goethe, en büyük eseri *Faust*'u ölümünden bir yıl önce, yani seksen iki yaşında bitirmişti.

Hiçbir şey için asla geç değildir. Bir bilgenin dediği gibi:

Yaşlanmak bir dağa tırmanmak gibidir. Çıktıkça yorgunluğunuz artar, nefesiniz daralır ancak görüş alanınız genişler.

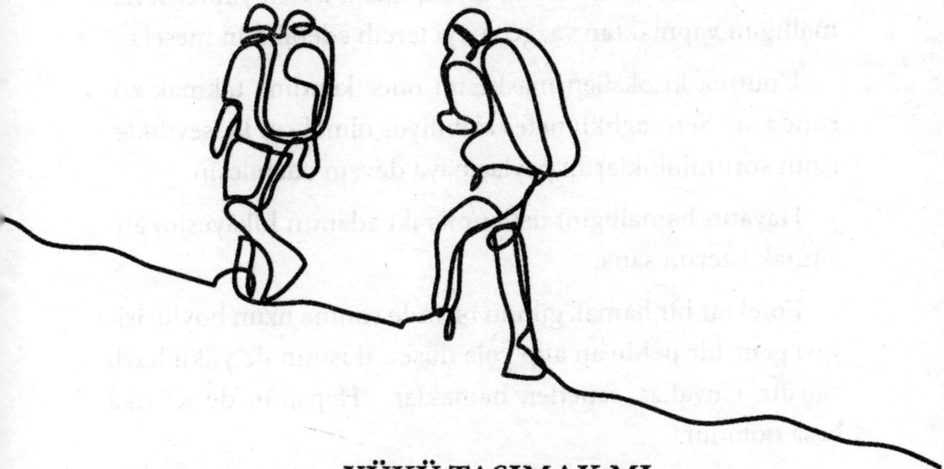

YÜKÜ TAŞIMAK MI, YÜKÜN ALTINDA EZİLMEK Mİ?

"Hayat bir yolculuktur" deriz ya hep, omuzlarımızda taşıdığımız yüklerle yolu kendimize daha da güçleştirdiğimizi unutarak...

Bazen yolun kendisinden çok aldığımız sorumluluklara, taşıdığımız yüklere odaklanırız. Asıl işimizin yolu yürümek olduğunu unutup yükün hamalı olmayı daha çok tercih ederiz. Hatta öyle olur ki yükün altında ezilmek, yaşam yolunu yürümek yerine tercih ettiğimiz bir görev olur.

Buradaki amacının ne olduğunu unutma.

Uzun soluklu bir süreç bu...

Zaman zaman hızın kesilse bile ve kendini yorgun da hissetsen yolu yürümek üzere buradasın.

Bu uğurda kendine yapabileceğin en değerli yardım yüklerinden hafiflemek olabilir ancak.

Seni yoran, yolundan alıkoyan, hızını kesen yüklerin hamallığını yapmaktan vazgeçmeyi tercih edebilirsin mesela.

Unutma ki oksijen maskesini önce kendine takmak zorundasın. Sen sağlıklı nefes alabiliyor olmalısın ki, sevdiklerinin sorumluluklarını paylaşmaya devam edebilesin.

Hayatın hamallığını üstlenmiş iki adamın hikâyesini anlatmak isterim sana.

Emektar bir hamal, günün birinde yanına uzun boylu, iriyarı genç bir pehlivan alıp yola düşer. İkisinin de yükü hayli ağırdır. Çuvallar, sepetler, hamaklar... Hepsinin de içi tıka basa doludur.

Birkaç saat sonra hamal, genç pehlivana dönerek "Evlat" der. "Mola vakti geldi. Oturup dinlenelim biraz."

"Ne molası yahu?" der pehlivan. "Ben terlemedim bile daha..."

"Sen bilirsin" der hamal. Yükünü indirip bir ağacın altına otur ve uyur. Pehlivan huzursuz tabii. Oturup dinlenmek yerine etrafı turlayıp durur hamal uyanıncaya kadar.

Sonra kaldıkları yerden devam ederler yola. Yine birkaç saat yürüdükten sonra emektar hamal dinlenme zamanının geldiğini söyleyip mola verir. Pehlivan yine sinirli... Gücü kuvveti yerinde. Genç ve dayanıklı bir adam olduğundan hızının sürekli kesilmesinden hiç hoşlanmıyordur.

İnadından dinlenmez yine. Etrafta gezinip hamalın uyanmasını bekler. Arkasından yükleriyle düşerler yola...

Yol boyu defalarca mola verilir ama genç pehlivan hiç dinlenmez. Sonra akşamüzeri dizlerinin bağı birdenbire çözülüverir. Bacakları birbirine dolanınca yere kapaklanır genç pehlivan. Oracıkta derin bir uykuya dalar. Hatta belki de sızar. Kendine geldiğinde emektar hamalı görür başucunda. Adam pehlivanın da yüklerini sırtına atmış "Kalk evlat" diyordur. "Koluna gireyim de bana yaslan, biraz böyle yol alalım birlikte."

Emektar hamal, genç pehlivana biraz da su içirdikten sonra omzuna yaslanarak yürümesine izin verir.

"Bak oğlum" der. "Ben yılların hamalıyım. Senin gibi nice pehlivan yapılı adamlar gördüm ben... Çoğu dinlenmek istemediği için yükleriyle birlikte kendileri de toprağa serildiler. Zaman zaman yola saçılmış gördüğümüz şu kuru kemikler var ya, işte onlar anlattığım bu adamların kemikleri... Bizim işimiz yükü taşımaktır evlat, yükün altında ezilmek değil. Unutma ki yük taşıdıkça daha da ağırlaşır. Dinlenerek yükünü hafifletirsin. Belki günün birinde hamallığın şekli değişir. Belki o günleri ben göremem, ama sen o günlere kavuşursan aman ha, kafanın içine de yükler yükleme. Akşam olunca indir kafandaki yükleri de hafifle... Sabaha dinlenmiş olarak uyan. Bizim işimiz, bugünü yarına taşımaktır, bugünün altında yok olmak değil. Çünkü yarınlarda bizi bekleyenler var, taşıdıklarımızı bekleyenler var evlat..."

SON

Alışverişe gitmek üzere evden çıkan bir kadın, kapısının karşısındaki kaldırımda oturan bembeyaz sakallı üç yaşlı adamı görünce önce duraksadı, sonra onları tüm içtenliğiyle evinde davet etti.

– Burada böyle oturduğunuza göre, üçünüzde kesinlikle acıkmış olmalısınız, dedi. Lütfen içeri gelin, size yiyecek bir şeyler hazırlayayım.

Üç yaşlıdan biri, kadına eşinin evde olup olmadığını sordu. Kadının eşinin biraz önce çıktığını söyleyince, yaşlı adam, başını iki yana salladı, "Eşiniz evde değilse, davetinizi kabul etmemiz doğru olmaz" dedi.

Akşam eşi geldiğinde kadın, karşı kaldırımdaki yaşlı adamlarla arasında geçen konuşmayı anlattı. "Senin evde olmadığını öğrenince, içeri girmek istemediler" dedi. Yaşlı adamların bu davranışlarını öğrenince, kadının eşi üzüldü. "Bir bakıversene dışarı" dedi. "Hâlâ oradalarsa şimdi davet edebilirsin eve." Kadın kapıyı açar açmaz, karşı kaldırımdaki bembeyaz sakallı üç yaşlıyla yeniden karşılaştı. "Eşim geldi, şimdi evde" dedi ve onlara davetini yineledi: "Yemeğimizi birlikte yemek için sizi şimdi davet edebilir miyim evimize?"

Kadının davetine, yaşlılardan biri yanıt verdi: "Biz üçümüz birlikte gelemeyiz" dedi. Ve kısa bir duraksamadan sonra, bir açıklama yaptı: "Sağ yanımdaki bu arkadaşımın adı, zenginliktir" dedi. "Bu yanımda oturan arkadaşımın adı başarı, benim adım ise sevgidir." Kendini ve arkadaşlarını tanıttıktan sonra Sevgi, kadına ilginç bir öneride bulundu: "Şimdi evinize gidin ve eşinizle baş başa verip, bir karara varın dedi. "İçimizden yalnızca birimizi davet edebilirsiniz evinize. Hangimizi davet etmek istediğinize karar verin, sonra gelin, kararınızı bize bildirin."

Kadın, Sevgi'nin önerisini eşine anlattığında, adam sevinçten göklere fırladı. "Aman ne güzel, ne güzel" dedi. "Hangisini davet edeceğimizi bize bıraktıklarına göre, biz de içlerinden Zenginlik'i davet ederiz ve evimiz de bir anda Zenginlik'e kavuşmuş olur. Eşinin kararı, kadının hiç de hoşuna gitmedi. "Başarıyı davet etsek, daha mantıklı bir karar vermiş olmaz mıyız, kocacığım?" dedi.

Annesiyle babasının bu konuşmasına, içerideki odada bulunan kızları da kulak misafiri olmuştu. Koşarak içeri girdi ve o da kendi önerisini söyledi: "En doğru karar, Sevgi'yi davet etmek değil midir?" dedi. "Düşünsenize, evimiz bir anda Sevgi'ye kavuşacak.' kızının bu önerisi, anne ve babanın çok hoşuna gitmişti.

"Tamam, en doğru karar bu olacak dediler. "Sevgi'yi davet edelim..."

Kadın kapıyı açtı ve üç yaşlıya birden sordu: "İçinizde hanginiz Sevgi'ydi?" dedi. "Onu davet etmeye karar verdik. Lütfen buyursun..." Sevgi ayağa kalktı, eve doğru yürümeye başladı. Arkadaşları da ayağa kalktılar ve Sevgi'nin arkasından, onlar da eve doğru yürümeye başladılar. Kadın, büyük bir şaşkınlık ve heyecan içinde, Zenginlik'le Başarı'ya sordu: "İnanamıyorum siz de geliyorsunuz?" dedi. Kadının bu sorusuna, üç yaşlı birlikte yanıt verdiler: "Eğer içimizden yalnızca Zenginlik'i ya da Başarı'yı davet etmiş olsaydınız, davet edilmeyen ikimiz dışarıda bekleyecektik" dediler. "Fakat siz Sevgi'yi davet ettiniz. Bu durumda üçümüz birden gelmek zorundayız evinize." Ve kadının "Niçin?" diye sormasını beklemeden, Zenginlik ve Başarı sözlerini şöyle sürdürdüler:

"Çünkü Sevgi'nin olduğu her yerde, biz Zenginlik ve Başarı da her zaman, onun yanında oluruz."

Sevgi, huzur, bolluk, başarı ve mutluluk daima sizinle olsun.

Sizler için dua edeceğim.

Bir gün bir yerlerde karşılaşmak dileğiyle.

Şimdilik hoşça kal yol arkadaşım.